Those Three Words

FSC
www.fsc.org
MIX
Papier aus ver-
antwortungsvollen
Quellen
Paper from
responsible sources
FSC® C105338

Those Three Words
Julius Achenbach

1. Auflage 2025
ISBN: **978-3-8482-2969-7**

Verlag: BoD · Books on Demand GmbH,
In de Tarpen 42, 22848 Norderstedt, bod@bod.de
Druck: Libri Plureos GmbH, Friedensallee 273,
22763 Hamburg

Bibliografische Information der Deutschen Nationalbibliothek:
Die Deutsche Nationalbibliothek verzeichnet diese Publikation in
der Deutschen Nationalbibliografie; detaillierte bibliografische
Daten sind im Internet über http://dnb.d-nb.de abrufbar

Danke

Inhaltsverzeichnis

Kapitel 1: Begegnungen

Der Wecker klingelt um sechs. Thomas rollt sich auf die Seite, seine Hand tastet nach der Nachttischlampe. Warmes Leuchten flutet das Schlafzimmer seiner Altbauwohnung. Die Morgendämmerung draußen ist grau, Regentropfen klatschen gegen die hohen Fenster.
Sein Blick wandert über die gerahmten Architekturskizzen an den Wänden. Le Corbusier, Mies van der Rohe, Foster. Klassiker, perfekt ausgerichtet. Alles an diesem Raum ist durchdacht: Die minimalistische Einrichtung in Grau und Weiß, der alte Parkettboden, die maßgeschneiderten Einbauschränke. Ein Raum wie aus einem Designmagazin.
Die morgendliche Routine sitzt. Zehn Minuten Yoga für den steifen Rücken — zu viele Stunden am Zeichentisch. Dann Dusche, Rasur, Kleidung. Seine Finger tasten die Hemden ab — eins, zwei, drei von links, genau wie jeden Montag. Das hellblaue. Der anthrazitfarbene Kaschmirpullover wartet bereits auf dem Bügel daneben, exakt ausgerichtet wie die Architekturskizzen an der Wand. Seine Mutter hat ihn zu Weihnachten geschenkt. "Damit du nicht immer so förmlich aussiehst, Schatz."
In der Küche wartet die Espressomaschine. Italienisches Design, mattschwarzer Stahl. Ein Geschenk an sich selbst nach der ersten großen Beförderung. Der Kaffee ist stark und bitter. Thomas scrollt durch die Nachrichten auf seinem iPad. Neue Ausschreibung für ein Kulturzentrum. Steigende Immobilienpreise. Regenwetter die ganze Woche.
Seine Wohnung liegt im dritten Stock eines sanierten Altbaus in Prenzlauer Berg. Hohe Decken, große Fenster, perfekte Raumaufteilung. Er hat die Sanierung selbst betreut, jedes Detail

persönlich ausgewählt. Die Nachbarn sind ruhig, größtenteils Paare in seinem Alter. Manchmal hört er das Kind von oben über den Boden tapsen.

Der Regen wird stärker, als er das Haus verlässt. Die Straßen sind noch leer, nur vereinzelt hasten Menschen unter schwarzen Schirmen vorbei. Thomas zieht den Kragen seines Mantels hoch. Das Café Rosengarten liegt auf seinem Weg ins Büro. Montags ist es dort immer voll, aber der Kaffee ist die Warterei wert.

Der Regen prasselt gegen die Fensterscheiben des Cafés. Thomas wischt sich über die beschlagene Brille und sucht einen freien Platz. Geschäftsleute in grauen Anzügen drängen sich an der Theke. Ein Student balanciert seinen Laptop zwischen den überfüllten Tischen. Zwei Mütter manövrieren ihre Kinderwagen durch das Gewühl. Der Geruch von frisch gemahlenem Kaffee vermischt sich mit dem feuchten Atem von dreißig Menschen.

Seine Finger wischen über den Bildschirm seines Smartphones. Drei ungelesene E-Mails von Kunden, eine Terminerinnerung für die Präsentation am Nachmittag. Das übliche Chaos eines Montagmorgens im Architekturbüro Schneider & Partner. Er streicht sich durch das kurz geschnittene, dunkelbraune Haar. Die Fensterfront zu seiner Rechten zeigt sein Spiegelbild: 32 Jahre, kantiges Gesicht, rahmenlose Brille, hellblaues Hemd unter dem anthrazitfarbenen Pullover. Der perfekte Kompromiss zwischen kreativem Architekten und seriösem Geschäftsmann.

Die Bedienung stellt seinen Cappuccino auf den kleinen, runden Tisch. Der Milchschaum formt ein Herz. Thomas schmunzelt. Er hasst diese Art von Kaffeekunst, aber das Rosengarten macht den besten Kaffee im Kiez. Vorsichtig nimmt er einen Schluck, während er die Entwürfe für das neue Bürogebäude durchgeht. Die Linien verschwimmen vor seinen Augen. Zu wenig Schlaf letzte Nacht.

Die Präsentation heute ist wichtig. Ein Technologie-Startup will ihre neue Zentrale in Berlin bauen. Modern soll sie sein, aber nachhaltig. Offen, aber fokussiert. Thomas hat wochenlang an den Entwürfen gearbeitet. Die Renderings auf seinem Tablet zeigen ein Gebäude aus Glas und recyceltem Stahl, begrünte Terrassen, flexible Arbeitsbereiche. Seine Finger zoomen in Details hinein, markieren letzte Änderungen.

Ein lautes Klirren reißt ihn aus seinen Gedanken. Warme Flüssigkeit durchnässt seinen Pullover. "Oh Gott, es tut mir so leid!" Eine weibliche Stimme, erschrocken, aber mit einem warmen Klang. Thomas springt auf, sein Stuhl kratzt über den Holzboden. Vor ihm steht eine junge Frau, vielleicht Ende zwanzig. Wilde, rotbraune Locken fallen ihr ins Gesicht. Ihre grünen Augen sind vor Schreck geweitet. An ihrer Jeansjacke kleben Farbflecken in verschiedenen Blautönen.

"Ich... ich hole sofort Servietten." Sie dreht sich um, stößt dabei fast einen weiteren Gast an. Thomas beobachtet, wie sie zur Theke hastet. Ihre Bewegungen haben etwas Unfokussiertes, als lebte sie in ihrer eigenen Welt. Unter ihrem Arm klemmt ein abgegriffenes Skizzenbuch.

Sie kehrt mit einem Stapel Servietten zurück, tupft hektisch an seinem Pullover herum. "Das tut mir wirklich unendlich leid. Ich war in Gedanken... diese verdammten Schuhe... der Regen..." Ihre Wangen sind gerötet. Eine einzelne Locke fällt ihr immer wieder ins Gesicht, sie streicht sie ungeduldig zurück.

"Ist schon okay", sagt Thomas. Er nimmt ihr die Servietten aus der Hand, ihre Finger berühren sich kurz. "War sowieso nicht mein Lieblingspullover." Eine Lüge. Es ist sein Lieblingspullover. Sie lächelt unsicher. Ein schiefes, ehrliches Lächeln. "Lassen Sie mich wenigstens einen neuen Kaffee holen. Und die Reinigung bezahle ich natürlich auch."

Thomas will ablehnen, aber etwas in ihrem Blick hält ihn zurück. "Einen Kaffee nehme ich gerne an. Unter einer Bedingung." Er deutet auf den freien Stuhl an seinem Tisch. "Setzen Sie sich dazu. Dann können Sie mir erklären, warum Sie Farbe an der Jacke haben."
Sie zögert einen Moment, dann nickt sie. "Deal. Ich bin übrigens Sarah."
"Thomas", erwidert er und räumt hastig seine Unterlagen zusammen. Die Präsentation am Nachmittag rückt in den Hintergrund.
Sarah bestellt zwei neue Cappuccino. Dieses Mal ohne Herzchen im Schaum. Sie erzählt von ihrem Atelier zwei Straßen weiter, von ihrer aktuellen Serie über urbane Räume, von der Installation, die sie für eine Galerie in Mitte vorbereitet. Ihre Hände tanzen durch die Luft, wenn sie spricht. Die Farbe an ihrer Jacke stammt von heute Morgen. Sie arbeitet seit Sonnenaufgang.
"Ich male die Stadt", erklärt sie, während sie in ihrer abgewetzten Umhängetasche kramt. "Nicht die offensichtlichen Ansichten. Die versteckten Momente. Wie das Licht zwischen den Häusern fällt. Die Schatten unter den Brücken. Die Art, wie sich Menschen durch den Raum bewegen." Sie zieht ihr Skizzenbuch hervor, blättert darin.
Thomas beugt sich vor. Die Seiten sind gefüllt mit schnellen Strichen, Farbnotizen, kleinen Texten. Eine U-Bahn-Station um Mitternacht. Ein verlassener Industriehof im Morgengrauen. Eine Passage im Regen. "Sie sehen die Stadt anders", sagt er ruhig.
Sarah schaut auf. "Wie meinen Sie das?"
"Ich bin Architekt", erklärt Thomas. Er öffnet sein Tablet, zeigt ihr die Renderings. "Ich plane Räume. Versuche, sie funktional zu machen. Effizient. Aber Sie..." Er deutet auf ihre Skizzen. "Sie sehen die Poesie darin."

Sie lacht. "Poesie zahlt keine Miete."

"Aber sie macht das Leben lebenswert." Die Worte sind draußen, bevor er darüber nachdenken kann. Sarah sieht ihn überrascht an. Eine leichte Röte kriecht über ihre Wangen.

Die Zeit verrinnt. Der Regen draußen wird stärker. Das Café leert sich stetig. Thomas' Handy vibriert mehrmals in seiner Tasche. Er ignoriert es. Sarah erzählt von ihrer Ausbildung an der Kunsthochschule, von ihren Reisen durch Europa, von den Jobs, die sie nebenbei macht, um das Atelier zu finanzieren. Thomas hört zu, fasziniert von der Leichtigkeit, mit der sie über ihre Unsicherheiten spricht. Ihre Ängste. Ihre Träume.

"Und Sie?" fragt sie schließlich. "Warum Architektur?"

Thomas zögert. "Als Kind habe ich stundenlang mit Lego gebaut", sagt er dann. "Keine Häuser. Städte. Ganze Welten. Mein Vater..." Er hält inne. "Mein Vater meinte, damit könne man kein Geld verdienen. Also studierte ich erst BWL. Aber nach zwei Semestern..." Er zuckt mit den Schultern. "Manchmal muss man seinen eigenen Weg gehen."

Sarah nickt verstehend. "Auch wenn er nicht perfekt geplant ist?"

"Gerade dann." Thomas lächelt. Der Kaffeefleck auf seinem Pullover ist längst getrocknet.

"Ich sollte langsam los", sagt Sarah schließlich und sieht auf ihre Uhr. Thomas nickt. "Natürlich."

Sie tauschen Nummern aus. Ihre Finger zittern leicht, als sie ihre Nummer in sein Handy tippt. "Wegen der Reinigung", sagt sie. "Wegen der Reinigung", wiederholt er.

Sarah steht auf, greift nach ihrem Skizzenbuch. Eine lose Seite fällt heraus. Eine schnelle Bleistiftskizze des Cafés. In der Ecke sitzt ein Mann mit Brille an einem kleinen, runden Tisch. Thomas hebt das Blatt auf, will es ihr zurückgeben.

"Behalten Sie es", sagt sie schüchtern lächelnd. Dann ist sie weg.

Thomas bleibt noch einen Moment sitzen. Sein Finger fährt die
Bleistiftlinien nach. Der Kaffeefleck auf seinem Pullover beginnt
zu jucken. Er schüttelt den Kopf und lächelt. Etwas an Sarah hat
ihn gepackt. Sie war so… anders als er.
Draußen hat der Regen aufgehört. Thomas steht auf, packt seine
Sachen zusammen. Die Präsentation in drei Stunden scheint
plötzlich weniger wichtig. Er faltet Sarahs Skizze vorsichtig und
steckt sie in seine Aktentasche. Zwischen all den präzisen Linien
seiner Architekturpläne wird sie einen Platz finden.
Als er das Café verlässt, spürt er ihr Lächeln noch immer. Die
Morgensonne bricht durch die Wolken. Die nassen Straßen
glänzen wie frisch gemalt.

Kapitel 2: Vernissage

Das Display seines Handys leuchtet auf. 5:13 Uhr. Thomas blinzelt in der Dunkelheit seiner Wohnung.

Sarah [5:13]: Bist du wach?
Sarah [5:13]: Sorry, dumme Frage.
Sarah [5:14]: Ich kann nicht schlafen.
Sarah [5:14]: Was, wenn niemand kommt?

Er lächelt in sein Kissen. Seit sechs Wochen kennt er diese Nachrichten mitten in der Nacht. Ihre Gedankensprünge. Ihre Sorgen. Ihre Begeisterung. Seine Finger tippen eine Antwort.

Thomas [5:15]: Jetzt bin ich wach. Und es werden alle kommen.

Die Punkte erscheinen sofort, zeigen, dass sie antwortet. Er stellt sich vor, wie sie in ihrem chaotischen Atelier sitzt, umgeben von den Kunstwerken für heute Abend. Wahrscheinlich hat sie gar nicht geschlafen.

Sarah [5:15]: Lügner. Du schläfst bestimmt noch halb.
Sarah [5:15]: Die Beleuchtung stimmt nicht. Die Schatten sind falsch.
Sarah [5:16]: Ich häng alles um.
Thomas [5:16]: Nicht anfangen umzuhängen. Wir haben gestern vier Stunden gebraucht.
Thomas [5:16]: Versuch zu schlafen.
Sarah [5:17]: Kannst du vorbeikommen? Vor der Arbeit?

Er zögert. Seine morgendliche Routine ist heilig. Yoga. Dusche. Frühstück. Büro. Aber seit sechs Wochen gibt es Risse in dieser Ordnung. Spontane Kaffeepausen. Lange Telefonate. Ein gemeinsames Abendessen nach einer zufälligen Begegnung im Supermarkt. Ihr Lachen, als sie seine penibel sortierte Gewürzschublade sieht.

Thomas [5:18]: Bin um 7 da. Mit Frühstück.
Sarah [5:18]: <3.

Er legt das Handy weg, aber an Schlaf ist nicht mehr zu denken. Durch die hohen Fenster seiner Wohnung dringt das erste Morgenlicht. Die Architekturskizzen an den Wänden werfen lange Schatten. Zwischen ihnen hängt jetzt eine neue Zeichnung: Die Café-Skizze von ihrer ersten Begegnung.
Um sechs steht er auf, früher als sonst. Yoga fällt heute aus. Stattdessen verbringt er zwanzig Minuten vor dem Kleiderschrank. Der anthrazitfarbene Pullover ist zurück von der Reinigung, keine Spur mehr vom Kaffeefleck. Aber heute wählt er etwas anderes. Dunkelblauer Kaschmirpullover, hellgraues Hemd darunter. Casual, aber elegant. Der Anzug für die Vernissage hängt bereits im Büro.
Der Bäcker an der Ecke öffnet gerade erst, als Thomas zwei Cappuccini und eine Tüte Croissants bestellt. Die Morgensonne färbt die Hauswände golden. Frühlingsluft liegt über der Stadt.
Sarahs Atelier liegt in einem Hinterhof. Drei steile Treppen, vorbei an verstaubten Fenstern und abblätterndem Putz. Thomas kennt den Weg seit seinem ersten Besuch vor zwei Wochen. Die Tür steht einen Spalt offen.
"Sarah?"
"Hier hinten!"

Er folgt ihrer Stimme durch das Atelier. Leinwände lehnen an den Wänden, nur die für die Vernissage ausgewählten Werke fehlen. Pinsel in Wassergläsern. Skizzenblöcke auf dem Boden. Farbtuben, achtlos ausgedrückt. Der Geruch von Ölfarbe und Terpentin.

Sarah hockt in der hintersten Ecke, umgeben von Papieren. Ihre Locken sind zu einem chaotischen Knoten gebunden. Farbflecken auf dem übergroßen T-Shirt. Dunkle Schatten unter den Augen.

"Du siehst furchtbar aus", sagt Thomas und hält ihr den Kaffee hin.

"Danke. Du auch." Sie nimmt einen großen Schluck. "Gott, ist der gut."

"Wann hast du das letzte Mal geschlafen?"

"Definiere 'schlafen'." Sie lehnt sich gegen die Wand, schließt die Augen. "Ich glaube, ich hatte einen Mini-Breakdown um drei. Alle Bilder sahen plötzlich falsch aus. Wie hingeklatscht. Amateurhaft."

Thomas setzt sich neben sie auf den Boden, ignoriert den Farbfleck auf dem Parkett. "Die Bilder sind großartig. Die Galerie ist perfekt. Du bist bereit."

Sie öffnet ein Auge. "Du musst das sagen. Du bist voreingenommen."

"Stimmt. Aber ich hab trotzdem Recht."

Ein halbes Lächeln. Sie lehnt ihren Kopf gegen seine Schulter. Er spürt ihre Wärme durch den Pullover. Sechs Wochen. Es fühlt sich länger an. Und kürzer.

"Iss was", sagt er und öffnet die Tüte mit den Croissants. "Dann fahre ich ins Büro und du legst dich hin. Heute Abend wird großartig."

Sie grummelt etwas Unverständliches, greift aber nach einem Croissant. Krümel landen auf seinen Jeans. Früher hätte ihn das gestört.

Das Büro empfängt ihn mit der üblichen Hektik. E-Mails.
Meetings. Deadlines. Thomas sitzt in Besprechungen, nickt an den
richtigen Stellen, macht Notizen. Aber seine Gedanken wandern
immer wieder ab. Zu zerzausten Locken. Farbflecken auf
Holzböden. Lächeln über Kaffeetassen.
Sein Handy vibriert in regelmäßigen Abständen.

Sarah [10:23]: Hab geschlafen! 2 Stunden!
Sarah [11:45]: Die Galerie hat angerufen. Alles nach Plan.
Sarah [13:17]: Was zieht man zu seiner ersten Vernissage an??
Sarah [13:18]: Ich hasse alles in meinem Schrank.

Er schmunzelt über die letzte Nachricht. Vor zwei Tagen hat sie
eine halbe Stunde über die "pretentiöse Kunstszene" geschimpft.
Über Vernissagen, auf denen mehr über Weinpreise als über
Kunst gesprochen wird. Jetzt steckt sie mittendrin.

Thomas [13:20]: Zieh das schwarze Kleid an. Mit den Docs.
Sarah [13:20]: Woher weißt du von dem schwarzen Kleid?
Thomas [13:21]: Du hast es letzte Woche dreimal erwähnt.
Sarah [13:21]: Stalker.
Thomas [13:22]: ;).

Um drei schließt er seinen Laptop. Das Team wirft ihm
überraschte Blicke zu. Thomas Lange, der als Erster kommt und
als Letzter geht, macht früher Schluss? Aber niemand sagt etwas.
Vielleicht haben sie die Veränderungen der letzten Wochen
bemerkt. Die privaten Telefonate in der Mittagspause. Das
gelegentliche Lächeln auf sein Handy. Die gelockerte Krawatte.
Die Galerie liegt in einem sanierten Altbau in Mitte. Hohe Räume,
weiße Wände, perfekte Beleuchtung. Sarah steht auf einer Leiter,

richtet einen Strahler aus. Das schwarze Kleid, die schweren Boots. Er bleibt einen Moment im Türrahmen stehen, beobachtet sie.

"Die Schatten sind immer noch falsch", murmelt sie.

"Die Schatten sind perfekt", sagt er.

Sie dreht sich um, zu schnell. Die Leiter wackelt. Thomas ist mit zwei Schritten bei ihr, stützt die Leiter. Ihre Hände finden seine Schultern.

"Mein Retter", grinst sie. Dann wird ihr Blick weich. "Du bist früh."

"Wichtiger Termin."

"Wichtiger als deine Projekte?"

"Viel wichtiger."

Sie klettert die Leiter herunter, bleibt auf der untersten Sprosse stehen. So sind sie auf Augenhöhe. Ein Farbfleck auf ihrer Wange. Er widerstellt dem Drang, ihn wegzuwischen.

Die nächsten Stunden vergehen wie im Flug. Letzte Vorbereitungen. Weinlieferung. Catering. Thomas hängt Preisschilder auf, während Sarah zum dritten Mal ihre Rede durchgeht. Die Galerie verwandelt sich. Das Arbeitslicht weicht einer subtilen Beleuchtung. Die Kunst beginnt zu leben.

Um sieben treffen die ersten Gäste ein. Galeristen. Kunstsammler. Freunde. Sarah begrüßt jeden einzelnen. Ihr Lächeln wird sicherer mit jedem Händedruck. Die Nervosität weicht einem Strahlen. Thomas steht am Rand, ein Glas Wein in der Hand, und beobachtet. Sie ist in ihrem Element. Erklärt ihre Kunst. Lacht über Kommentare. Diskutiert Techniken. Das schüchterne Mädchen vom Morgen ist verschwunden.

Die Ausstellung trägt den Titel "Urban Spaces". Stadtansichten, aber nicht die offensichtlichen. Ein U-Bahnhof um Mitternacht. Schatten unter Brücken. Licht zwischen Häuserschluchten.

Menschen in Bewegung. Und dann, in der hintersten Ecke, ein kleineres Bild. Das Café Rosengarten an einem Regentag. Ein Mann mit Brille an einem runden Tisch. Thomas lächelt.
"Das ist mein Favorit", sagt eine Stimme neben ihm. Sarah. Ihre Wangen sind gerötet vom Wein und Erfolg.
"Meiner auch."
"Ist aber nicht verkäuflich."
Er sieht sie an. "Nein?"
Sie schüttelt den Kopf. Ihre Locken haben sich aus dem eleganten Knoten gelöst. "Manche Dinge behält man für sich."
Ihre Blicke treffen sich. Um sie herum das Stimmengewirr der Vernissage. Kunstdiskussionen. Klingernde Gläser. Aber für einen Moment sind sie allein.
"Sarah!" Eine Galeristin winkt von der anderen Seite des Raums. "Können wir kurz...?"
"Natürlich!" Sarah wirft Thomas einen entschuldigenden Blick zu. Er nickt. Sie verschwindet in der Menge.
Nach und nach leert sich die Galerie. Ein letztes Grüppchen Kunstsammler diskutiert noch angeregt vor dem größten der Stadtpanoramen. Sarah verabschiedet eine enthusiastische Galeristin aus Hamburg, die unbedingt eine Ausstellung in ihrer Stadt organisieren will. Die Weingläser sind nur noch halb gefüllt, das Licht wirkt weicher als am Anfang des Abends.
"Fantastische Arbeit, wirklich", sagt der Galerist beim Gehen und drückt Sarahs Hand noch einmal. "Drei Verkäufe bei der ersten Ausstellung — das ist mehr als beachtlich." Die großformatige Nachtszene der U-Bahn, das atmosphärische Stadtpanorama im Regen und die intensive Studie der Friedrichstraße im Morgenlicht — ihre besten Arbeiten der letzten Monate haben neue Besitzer gefunden.

Der letzte Gast schließt die Tür hinter sich. Die plötzliche Stille
füllt den Raum wie warmes Wasser. Es ist kurz vor Mitternacht.
Die Straßengeräusche dringen gedämpft durch die Fenster. Sarah
steht einen Moment regungslos in der Mitte des Raums, als müsse
sie erst begreifen, dass es vorbei ist. Dann bückt sie sich, zieht die
schweren Boots von den Füßen. Ihre nackten Zehen graben sich
in den kühlen Holzboden. Mit einem leisen Seufzen lässt sie sich
an der Wand hinuntergleiten, die Docs neben sich. Thomas
beginnt leere Gläser einzusammeln, das stille Klirren ein
beruhigender Rhythmus in der Stille.
"Das war..." Sie sucht nach Worten.
"Großartig?"
"Surreal." Sie lehnt den Kopf zurück gegen die Wand. "Ich kann
nicht glauben, dass es vorbei ist."
"Müde?"
"Erschöpft. Aber..." Sie öffnet die Augen, sieht ihn an. "Ich will
noch nicht nach Hause."
Er stellt die Gläser ab. "Spaziergang?"
Sie nickt. Er hilft ihr auf. Ihre Hand bleibt in seiner, als sie die
Galerie verlassen.
Die Nacht ist mild. Ihre Schritte führen sie zur Spree. Das Wasser
glitzert im Mondlicht. Musik driftet von irgendwo her. Sarah lehnt
sich ans Brückengeländer.
"Danke", sagt sie.
"Wofür?"
"Fürs Dasein. Für die Unterstützung. Für..." Sie gestikuliert vage.
"Alles."
Er tritt neben sie. Ihre Schultern berühren sich. Die Stadt atmet
um sie herum. Über ihnen Sterne, unter ihnen das dunkle Wasser.
"Sarah?"
"Hm?"

Aber er sagt nichts. Stattdessen beugt er sich vor und küsst sie.
Ihre Lippen schmecken nach Wein und Erfolg und sechs Wochen
Warten. Sie umschlingt seinen Nacken mit ihren Armen. Als sie
sich lösen, lächelt sie.
"Wurde aber Zeit", flüstert sie gegen seine Lippen.
Die Nacht hüllt sie ein. Irgendwo schlägt eine Kirchturmuhr. Ein
spätes Boot gleitet unter der Brücke durch. Die Stadt gehört
ihnen.

Kapitel 3: Wahrheit

4:17 Uhr. Thomas starrt auf die leuchtenden Zahlen seines
Weckers. Sein Herz hämmert gegen seine Rippen, als hätte er
einen Marathon hinter sich. Dabei hat der Tag noch nicht einmal
begonnen.
Sarah atmet ruhig neben ihm. Eine Locke fällt ihr ins Gesicht,
bewegt sich sanft bei jedem Atemzug. Er kennt diesen Anblick
seit acht Monaten. Seit sie zusammengezogen sind. Seit ihre
Staffelei neben seinem Schreibtisch steht, ihre Bücher sich
zwischen seine Architekturzeitschriften gemischt haben, ihre
Farben seine perfekt sortierte Welt bunter gemacht haben. Und
etwas unaufgeräumter.
Vorsichtig schiebt er die Bettdecke zurück. Sarah murmelt etwas
im Schlaf, dreht sich auf die andere Seite. Er wartet, bis ihr Atem
wieder gleichmäßig geht, dann schleicht er aus dem Schlafzimmer.
Sein Arbeitszimmer liegt im fahlen Licht der Straßenlaterne.
Zwischen Projektmappen und Grundrissen findet er den Ordner
mit der Aufschrift "Kreuzberger Kulturzentrum - Vorplanung".
Sarah würde hier nie suchen. Sie respektiert seine Arbeitswelt, so
wie er ihr Atelier nur mit Erlaubnis betritt. Er durfte nur später
nicht vergessen, seine Planungen wieder sorgfältig zu verstauen.
Die kleine schwarze Box und die Dokumente liegen ganz hinten
im Ordner. Mit behutsamen Fingern öffnet er die Box. Der Ring
glänzt matt im Halbdunkel. Schlicht, elegant, mit einem einzelnen
Diamanten. Klein genug, dass Sarah ihn beim Malen tragen kann.
Groß genug, um seine Absichten klarzumachen.
Er atmet tief durch. Was, wenn sie nicht bereit ist? Wenn es zu
früh ist? Zu spät? Seine Gedanken beginnen zu kreisen. Die
Reservierung im Fernsehturm-Restaurant ist seit Wochen gebucht.

Der perfekte Rahmen für einen Antrag. Theoretisch. Aber Sarah hasst noble Restaurants. Sie bevorzugt kleine Kneipen, Street Food, spontane Picknicks im Park.

"Was machst du da?"

Thomas wirbelt herum. Die Box fällt ihm aus der Hand, er fängt sie gerade noch auf. Sarah steht im Türrahmen, in seinem alten Uni-Shirt, das ihr als Nachthemd dient. Gott sei Dank reibt sie sich gerade in diesem Augenblick die Augen.

"Ich... ähm... Projektunterlagen. Konnte nicht schlafen." Seine Stimme klingt eine Oktave zu hoch.

Sie runzelt die Stirn. "Um vier Uhr morgens?"

"Wichtige Präsentation nächste Woche." Die Box verschwindet hinter seinem Rücken, dann in der Tasche seines Pyjamaoberteils. Sein Herz rast.

"Komm wieder ins Bett", murmelt sie und streckt ihre Hand aus. "Du arbeitest zu viel."

Er folgt ihr zurück ins Schlafzimmer, die Box brennt in seiner Tasche. Sarah kuschelt sich an ihn, ist sofort wieder eingeschlafen. Thomas liegt starr wie ein Brett, wagt kaum zu atmen. Der Ring scheint durch den Stoff zu glühen wie ein Warnsignal.

Um sechs gibt er auf. Sarah schläft noch immer. Er schleicht ins Bad, duscht länger als sonst. Das heiße Wasser hilft nicht gegen die Anspannung in seinen Schultern.

Beim Frühstück verschüttet er seinen ersten Kaffee. Der zweite wird kalt, während er die Zeitung anstarrt, ohne ein Wort zu lesen. Die Box ist jetzt in seiner Hosentasche. Bei jeder Bewegung spürt er ihr Gewicht.

"Alles okay bei dir?" Sarah trägt sein Lieblingsoutfit: Jeans mit Farbflecken, eines seiner weißen Hemden über einem Band-Shirt. "Du bist so... anders heute."

"Nur müde", krächzt er. Seine Handinnenflächen sind leicht verschwitzt. "Wie... wie ist dein Tag so geplant?"
"Skizzen bis zwei oder drei, dann treffe ich Marie zum Kaffee." Sie mustert ihn. "Warum?"
"Nur so." Er wischt beiläufig einen nicht vorhandenen Fleck von der Arbeitsfläche. "Dachte nur... also, vielleicht... sollten wir heute Abend zusammen etwas Essen gehen?"
"Thomas Lange, stotterst du?" Sie lehnt sich grinsend vor. "Was ist los mit dir?"
"Nichts! Gar nichts!" Er springt auf, der Stuhl kratzt über den Boden. "Ich... Arbeitszimmer. Kurz."
Er flüchtet aus der Küche. Hinter sich hört er ihr Lachen.
Der Vormittag wird zur Tortur. Sarah werkelt in ihrem Arbeitszimmer-Bereich an einer neuen Serie. Alle paar Minuten kommt sie zu ihm hinüber, sucht Inspiration in seinen Architekturbüchern, fragt nach seiner Meinung zu Perspektiven. Jedes Mal, wenn sie in die Nähe seiner Hosentasche kommt, setzt sein Herz aus.
"Du wirkst so angespannt", bemerkt sie bei ihrem fünften Besuch. "Stress im Büro?"
Er murmelt etwas Unverbindliches. Sarah mustert ihn besorgt. "Du solltest eine Pause machen."
Um elf klingelt sein Handy. Die Nummer des Restaurants. Thomas flüchtet auf den Balkon, schließt die Tür hinter sich.
"Tut uns sehr leid, Herr Lange." Die Stimme am anderen Ende klingt zerknirscht. "Ein Wasserschaden. Wir müssen heute Abend geschlossen bleiben."
Die Welt dreht sich kurz seitwärts. Thomas lehnt sich gegen die Balkonbrüstung. "Aber... die Reservierung... der Sonnenuntergang..."
"Wir können Sie für nächste Woche einbuchen?"

Er lehnt dankend ab und legt auf, starrt auf die Stadt unter ihm. Der perfekte Plan, ruiniert. Seine Hände zittern so stark, dass er sein Handy fast fallen lässt.

"War das wichtig?" Sarah steht in der Balkontür. Er zuckt zusammen, das Handy fällt diesmal wirklich. Sie fängt es geschickt auf.

"Nur... die Arbeit", murmelt er.

"Du bist heute wirklich seltsam." Sie tritt näher, legt ihre Hand auf seine Stirn. "Fühlst du dich krank?"

Ihre Nähe macht ihn nervös und beruhigt ihn zugleich. Die Box in seiner Tasche drückt sich an seine Seite. "Mir geht's gut!"

"Wenn du meinst." Sie küsst seine Wange. "Ich mach uns Mittagessen."

In der Küche klappern Töpfe. Thomas sinkt auf einen Balkonstuhl. Er lockert seine Krawatte. Was jetzt? Der Sonnenuntergang über Berlin, das perfekte Dinner, der ganze Plan...

Das Mittagessen wird zur Geduldsprobe. Sarah erzählt von ihrer neuen Serie, aber er hört kaum zu. Seine Gedanken rasen. Restaurant-Alternativen? Zu kurzfristig. Ein Picknick? Zu kalt. Einfach hier in der Wohnung? Zu...

"Thomas?"

"Hm?"

"Ich hab dich gerade gefragt, ob du die Wohnung verkaufen und nach Alaska ziehen willst, um Schlittenhundführer zu werden."

"Was? Ich... oh." Im Anbetracht der Situation vielleicht gar keine schlechte Idee.

Sie legt ihre Gabel weg. "Okay, das reicht. Was ist los mit dir?"

"Nichts! Wirklich!" Er springt auf. "Ich... muss noch mal ins Büro. Kurz."

"An einem Samstag?"

"Wichtige Unterlagen. Hab ich vergessen." Er flieht aus der
Wohnung, hört noch ihr ungläubiges Lachen.
Draußen regnet es. Thomas läuft ziellos durch die Straßen, der
Ring eine stetige Präsenz in seiner Tasche. Seine Gedanken
wandern zu ihrer ersten Begegnung. Der verschüttete Kaffee. Der
Regen an den Fenstern des Cafés. Ihre Skizze...
Plötzlich bleibt er stehen. Das Café Rosengarten. Natürlich. Dort,
wo alles begann. Ein neuer Plan formt sich in seinem Kopf. Nicht
perfekt, aber...
Sein Handy vibriert.

Sarah [14:23]: Marie hat abgesagt. Zu krank für Kaffee.
Sarah [14:23]: Wollen wir zusammen irgendwohin?
Thomas [14:24]: Café Rosengarten? In einer Stunde?
Sarah [14:24]: Nostalgie? xD Gerne.
Thomas [14:24]: Super! Bis gleich :*.

Seine Finger zittern, als er die letzte Nachricht schickt. Der Regen
wird stärker. Wie damals.
Er ist zu früh am Café, sitzt an demselben Tisch wie vor einem
Jahr. Seine Kleidung ist durchnässt, aber der Schweiß auf seiner
Stirn hat nichts mit dem Regen zu tun. Die Box fühlt sich an wie
ein Stein in seiner Tasche. Trotzdem ist er auch von einer
seltsamen Vorfreude erfasst. Fast wie vor einer Prüfung, deren
Bestehen man feiern wird. Nur viel, viel besser.
Sarah erscheint in der Tür, schüttelt den Regen aus ihren Locken.
Sein Hemd, jetzt mit frischen Farbflecken. Ein schiefes Lächeln.
Sein Herz setzt aus.
"Wie damals", sagt sie und setzt sich. "Nur ohne verschütteten
Kaffee."

Er versucht zu lächeln. Sie sieht einfach wunderschön aus. Seine
Wangen fühlen sich taub an.

Die Bedienung bringt zwei Cappuccini. Dieses Mal wieder mit
Herzchen im Milchschaum. Ein gutes Zeichen, nicht dass er an so
etwas glaubt. Sie sitzen am selben Tisch wie damals, der kleine
runde in der Ecke. Sarah erzählt von ihrer neuen Serie, von Maries
Erkältung, von den Plänen für nächste Woche. Thomas nickt an
den richtigen Stellen, aber seine Gedanken kreisen immer noch
um die Box in seiner Tasche.

Das Café ist heute halb leer. Ein älteres Paar zwei Tische weiter
teilt sich ein Stück Käsekuchen. Eine Studentin tippt auf ihrem
Laptop. Durch die Fenster sieht man den Regen, der die Straße in
einen spiegelnden Teppich verwandelt.

Sarah unterbricht ihren Redefluss, nimmt einen Schluck von
ihrem Kaffee. Ihr Blick wird forschend.

"Thomas." Ihre Stimme ist ernst. "Was ist heute los mit dir?"

"Ich..." Die Worte bleiben stecken. Um sie herum das vertraute
Café-Gemurmel. Der Geruch von Kaffee. Ihre fragenden Augen.

"Lass uns spazieren gehen", sagt er plötzlich und legt provisorisch
einen Zwanziger auf den Tisch.

"Es regnet." Sie lacht.

"Ich hab einen Schirm."

Sie sieht ihn an, als wäre ihm ein zweiter Kopf gewachsen, folgt
ihm aber nach draußen. Der Regen prasselt auf den Schirm. Wie
damals, als sie zum ersten Mal "Ich liebe dich" sagte. Seine Hand
hält den Schirm etwas fester als nötig.

"Thomas." Sarah bleibt stehen. "Du machst mir Angst. Bist du
krank? Hast du schlechte Nachrichten? Willst du Schluss..."

"Heirate mich."

Die Worte platzen aus ihm heraus. Nicht als Frage. Nicht romantisch. Nicht wie geplant. Sarah starrt ihn an. Regentropfen fallen auf ihr Gesicht.
"Was?"
Seine zitternden Finger finden die Box. Er öffnet sie, fast lässt er sie fallen. Der Ring glänzt im Regen.
"Ich... ich hatte einen Plan", stammelt er. "Restaurant. Sonnenuntergang. Perfekter Moment. Aber... aber dann kam der Wasserschaden, und du hasst sowieso noble Restaurants, und ich schwitze den ganzen Tag, und mein Herz macht verrückte Sachen, und... und..." Er holt tief Luft. "Sarah, willst du mich heiraten?"
Sie sieht ihn an. Dann auf den Ring. Dann wieder ihn. Eine Ewigkeit vergeht. Sein Arm mit dem Schirm sinkt. Der Regen durchnässt sie beide.
Dann lacht sie. Dieses schiefe, ehrliche Lachen, in das er sich vor einem Jahr verliebt hat.
"Du Idiot", sagt sie zärtlich. "Natürlich will ich."
Der Schirm fällt zu Boden, als er sie küsst. Der Regen läuft in ihre Gesichter. Passanten weichen dem küssenden Paar im Regen aus. Der Ring findet seinen Weg an ihren Finger.
Der Moment dauert eine wunderbare Ewigkeit und ist am Ende doch viel zu schnell wieder vorbei. Den Heimweg über halten sie sich an den Händen. Sie sprechen, lachen ausgelassen.

"Wie lange planst du das schon?", fragt sie später, als sie durchnässt in ihrer Wohnung stehen.
"Wochen", gibt er zu. "Es sollte perfekt sein."
"War es doch." Sie streicht ihm eine nasse Haarsträhne aus der Stirn. "Absolut du."
Er holt den Champagner aus dem Kühlschrank, den er heute Morgen dort versteckt hat. Eigentlich mögen sie ihn beide nicht,

aber es ist wie an Sylvester. Irgendwie gehört es dazu. Während er
nach den Gläsern sucht, verschwindet Sarah in Richtung
Arbeitszimmer.
"Ich hole nur kurz mein Skizzenbuch", ruft sie. "Der Moment
schreit nach einer Zeichnung."
"Warte!" Er lässt fast ein Glas fallen. "Ich... ich hole es dir!"
Zu spät. Ein überraschtes "Oh!" dringt aus dem Arbeitszimmer.
Thomas schließt die Augen und atmet kräftig aus. Scheiße. Er
weiß genau, was sie gefunden hat.
"Thomas?" Ihre Stimme klingt amüsiert. "Was ist das denn?"
Er folgt ihr ins Arbeitszimmer. Sarah sitzt an seinem Schreibtisch,
vor ihr ausgebreitet seine komplette Antragsplanung, die er am
Morgen dann doch nicht wieder im Ordner verstaut hatte.
Handgeschriebene Versionen des Antrags, fein säuberlich
nummeriert. Eine Liste von Restaurants, mit Vor- und Nachteilen.
Skizzen der optimalen Sitzposition für den Antrag. Sogar eine
Wettervorhersage der letzten zwei Wochen.
"Du hast dir Notizen gemacht?" Sie blättert ungläubig durch die
Papiere. "Thomas Lange, du hast einen Antrag wie eines deiner
Bauprojekt geplant!"
"Ich wollte nichts vergessen", murmelt er verlegen und lehnt sich
gegen den Türrahmen.
"'Version 7.3'", liest sie vor. "'Nach dem Dessert, aber vor dem
Espresso. Vorteil: Der Ring kann nicht ins Essen fallen. Nachteil:
Möglicherweise zu lange gewartet.'" Sie sieht auf. Ihre Augen
glänzen feucht. "Du bist unglaublich."
"Es gibt auch eine Excel-Tabelle", gesteht er. "Auf meinem
Laptop."
Sie lacht jetzt richtig, dieses warme, volle Lachen, das er so liebt.
"Mit Entscheidungsmatrix?"
"Mit Entscheidungsmatrix."

"Zeig her!"

Er zögert einen Moment, dann öffnet er seinen Laptop. Sarah rutscht zur Seite, macht ihm Platz auf seinem Bürostuhl. Zusammen sehen sie sich seine penible Planung an. Die farblich kodierten Szenarien. Die Bewertungsmatrix für verschiedene Locations.

"'Eiffelturm — zu klischeehaft'", liest Sarah. "'Strand — zu viele Variablen. Ring im Sand verloren?'" Sie kuschelt sich an seine Schulter. "Und dann landest du mit mir im Regen vor dem Café."

"Taucht in der Matrix gar nicht auf", seufzt er.

"Perfekt also." Sie dreht den Ring an ihrem Finger. "Genau wie du."

Sie küsst ihn, immer noch lachend. "Ich liebe dich. Genau deswegen."

Sie verbringen den Abend auf dem Balkon, trotz des Regens. Rufen Familie und Freunde an. Sarah macht Fotos von seinen Notizen, schickt sie an Marie. Natürlich nur mit seiner Erlaubnis. Der Ring glitzert an ihrer Hand, zwischen den Farbflecken.

"Wir sollten das Café Rosengarten für die Hochzeit buchen", sagt sie irgendwann.

Thomas verschluckt sich an seinem Champagner. "Die Hochzeit. Oh Gott."

"Lass mich raten." Sie grinst. "Du hast schon eine Liste?"

Er schweigt vielsagend. Sie lacht wieder, dieses perfekte, schiefe Lachen.

Die Stadt unter ihnen glitzert im Regen. Irgendwo in seinem Büro liegt eine erste Hochzeitsplanung, fein säuberlich in Ordnern sortiert. Aber das muss warten. Jetzt gerade, in diesem Moment, ist alles perfekt. Auch ohne Plan.

Der Ring an ihrem Finger fängt das Licht der Straßenlaternen. Thomas atmet zum ersten Mal an diesem Tag ruhig. Die drei

wichtigsten Worte wurden gesagt. Nicht perfekt geplant, aber
perfekt für sie.

Kapitel 4: Versprechen

Thomas steht am Fenster der alten Mühle und beobachtet die Hochzeitsgesellschaft im Garten — gerade mal zwanzig Menschen, Familie und engste Freunde. Marie und Andrea sitzen auf der alten Steinbrücke, die Füße im Bach. Der späte Oktobernachmittag taucht alles in einen goldenen Belag.
"Wenn du die Statik der Balken noch länger analysierst, verpasst du deine eigene Hochzeit."
Er dreht sich um. Sarah steht in der Tür zum kleinen Ankleideraum, barfuß in ihrem schlichten weißen Kleid. Ihre Locken sind nur lose hochgesteckt, einzelne Strähnen fallen ihr ins Gesicht. Sie sieht aus wie sie selbst — keine übertriebene Brautfrisur, kein dramatisches Make-up.
"Du solltest doch nicht —" Er deutet vage auf sie, auf sich, auf die Situation.
"Tradition? Wirklich?" Sie tritt näher, mustert ihn. "Die Krawatte sitzt schief."
"Tut sie nicht. Ich hab mit der Wasserwaage —"
"Du hast nicht." Sie lacht. "Oh Gott, sag mir, dass du nicht wirklich eine Wasserwaage benutzt hast."
Er lacht. "Nein, ausnahmsweise nicht. Das wäre auch für mich zu viel." Sie schüttelt den Kopf, greift nach seiner Krawatte. Ihre Finger streifen seinen Hals, als sie den Knoten minimal lockert.
"Besser" sagt sie lächelnd. "Perfekt unperfekt."
Er nimmt ihre Hände in seine. "Du hast Farbe am Handgelenk."
"Ups." Sie versucht gar nicht erst, den blauen Fleck wegzuwischen. Ultramarin. "Ich musste vorhin noch schnell etwas fertig machen."
"Natürlich musstest du das."

Die alte Holztreppe knarrt. Marie steckt den Kopf zur Tür herein.
"Oh! Ihr seid — natürlich seid ihr — wieso überrascht mich das
nicht?" Sie seufzt theatralisch. "Zehn Minuten noch. Und Sarah,
du wirst gesucht."
"Schon unterwegs." Sarah drückt Thomas' Hände. "Bis gleich. Ich
bin die in Weiß."
"Mit Farbfleck", ergänzt er.
"Mit Farbfleck."

Die Zeremonie findet im Mühlensaal statt. Sonnenlicht fällt durch
die hohen Fenster, zeichnet Muster auf den alten Holzboden. Die
freiliegenden Balken erzählen Geschichten von Jahrhunderten.
Sarah hat am Morgen eine schnelle Skizze gemacht — "Das Licht,
Thomas, siehst du das Licht?"
Jetzt steht sie vor ihm, ihre Hände in seinen, und ihre Augen
spiegeln genau dieses Leuchten. Die Standesbeamtin — eine
Freundin von Marie — spricht von Liebe und Zusammenhalt,
aber Thomas hört kaum zu. Er sieht nur Sarah, die nicht
stillstehen kann, die mit den Zehen wippt, deren Blick immer
wieder zu den Lichtmustern am Boden wandert.
"Die Ringe?", fragt die Beamtin.
Marie tritt vor, reicht sie ihnen. Schlichte Goldringe — "Perfekt
unperfekt", hatte Sarah gesagt, als sie sie aussuchten. "Wie wir."
"Ich habe keine vorbereiteten Worte", sagt Sarah, während sie ihm
den Ring ansteckt. "Was alle, die mich kennen, absolut
schockierend finden." Leises Lachen von den Gästen. "Aber ich
habe etwas gemalt. Für später." Sie sieht ihn an, das schiefe
Lächeln, in das er sich damals im Café verliebt hat. "Weil
manchmal Bilder mehr sagen als Worte. Und weil du der Einzige
bist, der meine chaotischen Farbkleckse in deinem perfekt
organisierten Leben erträgt."

Thomas' sorgfältig vorbereitete Rede liegt zusammengefaltet in
seiner Tasche. Er zögert, entscheidet sich aber dagegen, sie
herauszuholen. Das wäre einfach nicht passend. Stattdessen holt
er kurz tief Luft, um sich zu beruhigen. "Du bringst die Farbe in
mein Leben. Und ich verspreche, dir immer zur Seite zu stehen,
dich zu unterstützen wo ich kann und dir den Rahmen zu bauen,
mit dem du arbeiten kannst."
Der Kuss ist salzig von ihren Tränen. Und seinen.
Den Applaus und die Musik hören sie gar nicht. Das ist ihr
Moment. Sie halten sich fest, geben sich Halt. So wie es immer
sein wird.

Der Nachmittag fließt in den Abend. Sie essen an einer langen
Tafel im Mühlenhof. Keine förmlichen fünf Gänge, sondern
rustikales Essen, das von Hand zu Hand gereicht wird. Marie hält
eine Rede über Sarags erste Ausstellung. Andres erzählt von
Thomas "Vorbereitungen" für den Antrag, von seinen ersten
Erzählungen von Sarah und davon, wie aufgeregt er immer
gewesen war.
Als die Sonne untergeht, enthüllt Sarah ihr Geschenk — ein Bild
von ihnen beiden im Morgenlicht vor einer alten Kirche, die sie
einige Wochen zuvor bei einer Wanderung bemerkt hatten. Die
alten Balken, die Türmchen, das Spiel von Licht und Schatten.
Aber in den Reflektionen der Buntglasfenster versteckt sind
Momentaufnahmen ihrer Geschichte — zwei Silhouetten im Café,
ein Antrag im Regen, ein gemeinsames Leben in Farbe und Form.
"Damit du nie vergisst, dass auch in der strengsten Architektur
Poesie steckt", flüstert sie.
Sie tanzen zu Leonard Cohen, "Dance me to the end of love".
Sarah barfuß, er mit gelockerter Krawatte. Das alte Holz knarrt
unter ihren Füßen. Die Stunden ziehen nur so dahin.

"War es so, wie du es geplant hast?", fragt sie später, als sie auf der Steinbrücke neben der Mühle sitzen, die Füße im kühlen Wasser.
"Nein", sagt er und küsst sie. "Es war besser."
Der Mond steigt über den alten Kastanien auf. Im Mühlensaal brennen noch die Kerzen. Marie und Andrea unterhalten sich auf der Terrasse. Einige Gäste haben sich schon verabschiedet. Der Rest tanzt noch zu ruhigerer Musik weiter. Ein perfekt unperfekter Moment.
"Thomas?"
"Hm?"
"Ich liebe dich. Mit allem Kontrollzwang und deiner Planungswut."
Er zieht sie enger an sich. Über ihnen funkeln die ersten Sterne. Das Wasser plätschert unter der Brücke. In der Mühle spielt noch immer entspannte Musik.
"Ich dich auch", sagt er. "Mit allen Farbflecken und deinem Chaos."
Sie lehnt ihren Kopf an seine Schulter.

Kapitel 5: Schatten

Zwei Jahre sind seit der Hochzeit vergangen. Zwei Jahre, in denen sie ihre Gegensätze perfekt ausbalanciert haben. Sarah hat sich als Künstlerin einen Namen gemacht, ihre Werke hängen mittlerweile in namhaften Galerien. Thomas ist zum jüngsten Partner der Kanzlei aufgestiegen. Sie haben eine gemeinsame Routine gefunden — er mit seiner strukturierten Art, sie mit ihrem künstlerischen Chaos. Eine Symbiose, die funktioniert.
Ihre Wohnung spiegelt diese Verschmelzung ihrer Welten wider. Sarahs Atelier nimmt mittlerweile das ehemalige Gästezimmer ein, die Tür steht immer offen. Der Geruch von Ölfarben mischt sich mit dem von frischem Kaffee aus Thomas' geliebter Espressomaschine. Seine Architekturzeichnungen hängen neben ihren abstrakten Gemälden. Sogar die Gewürzschublade in der Küche hat einen chaotischen und einen ordentlichen Bereich.
Thomas erwacht von einem leeren Platz neben sich. Das ist ungewöhnlich. Normalerweise ist Sarah der Morgenmuffel von ihnen beiden, während er derjenige mit der unerschütterlichen Routine ist. Ihre morgendlichen Gewohnheiten haben sich in den zwei Jahren Ehe nicht verändert — normalerweise.
Der Wecker zeigt 6:13 Uhr. Zu früh für Sarah. Viel zu früh. Sie hat die Angewohnheit entwickelt, seine Routine mit verschlafenen Kommentaren zu begleiten. "Nicht normal, diese Energie am Morgen", murmelt sie dann, während er schon angezogen ist. Oder sie zieht ihn zurück ins Bett, fünf Minuten nur, die meist länger dauern.
"Sarah?"
Ein gedämpftes "Hier" kommt aus dem Bad. Er findet sie auf dem Badewannenrand sitzend, in seinem alten Uni-Shirt, das sie

immer noch als Nachthemd trägt. Das Shirt ist mittlerweile mehr ihres als seines, mit kleinen Farbklecksen am Saum von spätnächtlichen Malsessions. Sie sieht blass aus im dumpfen Glanz der Spiegelleuchte, die rotbraunen Locken fallen ihr müde ins Gesicht.

"Wieder Fieber?"

Sie nickt schwach. "Ging die ganze Nacht nicht weg. Dabei habe ich die Präsentation nächste Woche. Die Galerie in Hamburg will die neue Serie sehen."

Er legt seine Hand auf ihre Stirn. Die Haut ist warm, zu warm für diese frühe Stunde. Es ist das dritte Mal diese Woche. Sie lehnt sich in seine Berührung, eine vertraute Geste. Zwei Jahre gemeinsames Leben stecken in solchen Momenten.

"Du solltest zum Arzt gehen."

"Ist bestimmt nur Stress. Die neue Serie, die Galerie, die Workshops..." Sie versucht zu lächeln, aber es erreicht ihre Augen nicht. Das Grün wirkt matter als sonst. "Ich leg mich noch eine Stunde hin."

Er sieht ihr nach, wie sie zurück ins Schlafzimmer wankt. Etwas stimmt nicht. Seit Wochen schon. Die Müdigkeit, die nicht vergeht. Das Fieber, das immer wiederkehrt. Ihr fehlendes Interesse am Essen. Er hat sie gestern beim Anziehen beobachtet — ihr Lieblingskleid, das schwarze von der ersten Vernissage, hing lose um ihre Hüften.

Seine Morgenroutine fühlt sich falsch an ohne ihre verschlafenen Kommentare. Das Yoga auf der Terrasse, sonst sein Moment der Ruhe, ist heute nur beunruhigend. Sarah hätte normalerweise mit ihrer Kaffeetasse in der Tür gelehnt, ihn liebevoll wegen seiner "verdrehten Verrenkungen" aufgezogen.

Das Büro empfängt ihn mit der üblichen Hektik. Der Empfang wurde renoviert, neue Glasfronten, sein Entwurf. Eine der ersten

Entscheidungen, die er als Partner mittragen durfte. Neue
Projekte, Termine, Präsentationen. Thomas sitzt in Meetings,
nickt an den richtigen Stellen, aber seine Gedanken sind zu Hause.
Bei Sarah.

Fotos von ihr stehen auf seinem Schreibtisch. Ihr Hochzeitsbild
— sie im schlichten weißen Kleid, er im dunkelgrauen Anzug,
beide lachend im Regen vor dem Café Rosengarten. Ein
Schnappschuss ihrer letzten Vernissage vor drei Monaten. Sie
strahlt in die Kamera, umgeben von ihrer Kunst. Die Bilder
zeigen eine andere Sarah als die, die er heute Morgen gesehen hat.
Sein Handy bleibt still. Keine ihrer üblichen Nachrichten. Keine
spontanen Fotos aus dem Atelier. Keine Kunst-Memes. Früher
hatte er manchmal gescherzt, dass sie ihn mit Nachrichten
überflutet. Jetzt vermisst er jede einzelne. Um zehn hält er es nicht
mehr aus.

Thomas [10:03]: Wie geht's dir?
Sarah [10:15]: Müde. Aber ok.
Thomas [10:15]: Soll ich vorbeikommen?
Sarah [10:16]: Nein, bleib arbeiten. Ich schlaf noch bisschen.

Sie schläft nie tagsüber. Nie. Sarah ist eine Tagperson, immer in
Bewegung, immer kreativ. Selbst an ihren ruhigeren Tagen
skizziert sie wenigstens. Zeichnet ihre Umgebung. Menschen im
Café. Die Skyline vom Balkon.
Seine Sekretärin steckt den Kopf zur Tür herein. "Der Termin mit
den Investoren in zehn Minuten, Herr Lange."
Er nickt abwesend. Auf seinem Bildschirm ist die Präsentation
geöffnet, aber er sieht nur Sarahs blasses Gesicht vom Morgen.
Die Worte verschwimmen vor seinen Augen.

Um zwei steht er auf, mitten in einer Projektbesprechung. Die
3D-Renderings des neuen Kulturzentrums schweben noch
holographisch über dem Konferenztisch.
"Entschuldigt mich. Familiärer Notfall."
Niemand hält ihn auf. Sie haben alle die Veränderung der letzten
Wochen bemerkt. Seine Unkonzentriertheit. Die Sorgenfalten.
Die häufigen Telefonate. Seine Kollegin Andrea nickt ihm
aufmunternd zu. Sie war auf ihrer Hochzeit, kennt Sarah von den
Bürofeiern.
Der Weg nach Hause kommt ihm endlos vor. Die Stadt zeigt sich
von ihrer besten Spätsommerseite. Warmes Licht fällt durch die
Bäume, die ersten gelben Blätter tanzen über den Bürgersteig.
Sarah liebt diese Jahreszeit. "Das beste Ambiente zum Malen",
sagt sie immer.
Er findet sie in ihrem Atelier-Bereich ihrer gemeinsamen
Wohnung. Sie liegt auf dem kleinen Sofa, eingewickelt in die
Decke, die sonst über der Lehne hängt. Die Decke war ein
Hochzeitsgeschenk von seiner Mutter, handgewebt, in den Farben
des Herbstlaubs. Sarah hat die Farbkombination in mehreren ihrer
Bilder aufgegriffen.
Die Leinwand auf der Staffelei ist unberührt. Farben ungeöffnet.
Ihre Lieblingspalette liegt staubig auf dem Fensterbrett.
Normalerweise ist der Raum erfüllt von Musik, von Farbgeruch,
von ihrer Energie. Jetzt ist es nur still.
"Hey", murmelt sie, als er sich zu ihr setzt. Ihre Stirn glüht.
"Das ist nicht nur Stress", sagt er leise. Seine Hand findet ihre, wie
schon tausendmal zuvor. An ihrem Finger der Verlobungsring,
daneben der schlichte Ehering. Seine Hand passt immer noch
perfekt in ihre.
"Ich weiß." Ihre Stimme zittert leicht. "Ich... ich habe schon einen
Termin. Morgen früh."

Er drückt ihre Hand. Sie ist kalt trotz des Fiebers.

"Warum hast du nichts gesagt?"

"Wollte dich nicht beunruhigen. Nicht bevor..." Sie schluckt.

"Nicht bevor ich selbst weiß, was los ist."

Er legt sich zu ihr auf das schmale Sofa, wie sie es früher oft getan haben. Nach stressigen Tagen. Nach erfolgreichen Vernissagen. Nach kleinen Streitigkeiten. Das Sofa hat ihre Geschichte miterlebt. Sie kuschelt sich an ihn, ihre Locken kitzeln sein Kinn.

"Thomas?"

"Hm?"

"Ich habe Angst."

"Ich weiß", flüstert er. "Ich auch."

Sie verbringen den Nachmittag zusammen auf dem Sofa. Sarah schläft immer wieder ein. Thomas hält sie, beobachtet die Schatten, die das spätsommerliche Licht durch die hohen Atelierfenster wirft. Sie werden länger, dunkler. Wie damals bei ihrer ersten Vernissage hat er das Gefühl, die Zeit festhalten zu wollen. Jeden Moment einzufangen.

Seine Hand streicht über ihren Arm. Sie ist dünner geworden. Nicht dramatisch, aber spürbar. Wie konnte er das nicht früher bemerken? Die kleinen Zeichen. Die ausgelassenen Mahlzeiten. Die kürzeren Spaziergänge. Die unvollendeten Skizzen.

Irgendwann wacht sie auf, desorientiert. "Ich muss die Präsentation vorbereiten..."

"Marie macht das. Ich habe sie angerufen."

"Du hast...?"

"Sie macht sich auch Sorgen. Alle machen sich Sorgen."

Sarah setzt sich auf, zieht die Decke enger um sich. Im Abendlicht sieht ihre Haut fast durchscheinend aus. Er erinnert sich an ihr Hochzeitsfoto auf seinem Schreibtisch. Das Strahlen in ihren

Augen. Die gesunde Röte auf ihren Wangen. Das schiefe Lächeln, in das er sich verliebt hat.

"Es tut mir leid", sagt sie leise.

"Was?"

"Dass ich es so lange ignoriert habe. Dass ich dachte, es geht vorbei. Dass ich..." Ihre Stimme bricht.

Er zieht sie in seine Arme. Ihr Körper fühlt sich zerbrechlich an, aber ihr Griff um seine Taille ist stark. "Hör auf. Wir gehen das zusammen an. Was auch immer es ist."

Sie nickt gegen seine Brust. Er spürt ihre Tränen durch sein Hemd.

"Lass uns was essen", sagt er nach einer Weile.

"Nicht hungrig."

"Trotzdem." Er steht auf, zieht sie sanft mit sich. "Pizza? Von Giovanni?"

Ein schwaches Lächeln. Ihre erste gemeinsame Pizza war von Giovanni, nach dem Einzug. Sie hatten noch keine Möbel außer Sarahs Sofa und seiner Espressomaschine. "Mit extra Rucola?"

"Mit extra allem."

Sie essen auf dem Balkon. Die Abendsonne taucht die Stadt in ihren warmen Glanz. Sarah schafft zwei Bissen, aber sie versucht es wenigstens. Die Stadt unter ihnen erwacht zum Nachtleben. Musik driftet von irgendwo herauf. Ein warmer Spätsommerabend, wie es ihn bald nicht mehr geben wird.

Zwei Tauben landen auf dem Geländer. Sarah hat sie gemalt, letztes Jahr. Das Bild hängt in ihrem Schlafzimmer. "Die ewigen Romantiker", nennt sie die Vögel. Sie kommen jeden Abend, wie ein Ritual.

"Erinnerst du dich an unseren ersten gemeinsamen Abend hier in der Wohnung?", fragt sie plötzlich.

"Natürlich. Du hast eine Schüssel Popcorn umgeworfen und dann
mein Waschbecken mit deinem Nagellack vollgesaut." Er lachte.
"Ich wollte hübsch aussehen und da war was abgeblättert." Sie
lehnt sich an ihn. Ein vertrautes Gewicht an seiner Schulter. "Wir
sollten wieder Champagner trinken."
"Jetzt?"
"Nein. Wenn..." Sie atmet tief durch. "Wenn wir wissen, was los
ist. Wenn alles gut ist."
Er küsst ihr Haar, das im Abendlicht noch immer rotgold
schimmert. Wie am Tag ihrer Hochzeit. Wie an jedem Tag seither.
"Deal."
Sie gehen früh ins Bett. Sarah liegt in seinen Armen, ihre Finger
spielen mit seinem Ehering. Eine Geste, die sie schon tausendmal
gemacht hat. In glücklichen Momenten. In nachdenklichen. In
ängstlichen wie jetzt.
"Thomas?"
"Hm?"
"Egal was morgen rauskommt..."
"Ich weiß." Er drückt ihre Hand. "Ich weiß."
Die Nacht zieht vorüber. Keiner von beiden schläft viel. Das
Mondlicht wandert über ihr Bett, wie es das schon so oft getan
hat. Irgendwann beginnt es zu regnen. Das Geräusch ist vertraut,
beruhigend. Wie damals im Café. Wie bei seinem Antrag. Wie bei
ihrer Hochzeit. Es scheint immer zu regnen, wenn etwas passiert.
Sarah atmet ruhiger im Halbschlaf. Er kennt jeden ihrer
Atemzüge. Das leichte Seufzen, wenn sie träumt. Das sanfte
Murmeln, wenn sie sich enger an ihn kuschelt. Die Art, wie ihre
Hand nach seiner sucht, selbst im Schlaf.
"Wir schaffen das." Er flüstert. Sie kann ihn schon nicht mehr
hören.

Der Morgen dämmert viel zu früh. Aber sie sind zusammen. Wie immer. Was auch kommen mag.

Kapitel 6: Diagnose

Der Morgen kriecht in grauen Schlieren durch die Fenster. Thomas liegt wach, beobachtet das langsame Verblassen der Dunkelheit. Neben ihm atmet Sarah ruhig. Es ist lange her, dass er vor ihr wach war. Zu lange. Die leuchtenden Ziffern des Weckers zeigen 5:47 Uhr. In drei Stunden haben sie den Termin.

Seine Hand findet ihre im Halbdunkel, Sie ist warm vom Schlaf, aber er weiß, dass das Fieber dahintersteckt. Seit Wochen schon. Er hätte es früher bemerken müssen. Die Müdigkeit. Die fehlende Energie. Die ausgelassenen Mahlzeiten. Und dann, vor drei Tagen, der Knoten an ihrem Hals. Nicht groß, aber da. Der Hausarzt hatte ihn ertastet. Und anschließend noch ein paar Weitere gefunden, bevor er die Überweisung schrieb. "Bitte um hämatologische Abklärung.“ Sie sollten noch am selbst Tag in die Klinik.

Sarah bewegt sich im Schlaf, ihre freie Hand wandert automatisch zu der Stelle an ihrem Hals, wo sie in der Klinik die Biopsienadel eingeführt haben. Eine kleine Stelle, kaum sichtbar unter ihren Locken. Aber sie verändert alles.

Der Wecker piept. Sarah öffnet die Augen, blinzelt in das noch verdunkelte Schlafzimmer. Für einen Moment sieht sie aus wie immer. Seine verschlafene Künstlerin, die jeden Morgen über seine "unmenschliche Morgenmunterkeit" stöhnt. Dann trifft ihr Blick seinen, und er sieht die Erkenntnis in ihren Augen. Heute ist der Tag.

"Guten Morgen", sagt er leise.

Sie versucht zu lächeln. Es gelingt nicht ganz. "Wie lange bist du schon wach?"

"Nicht lang." Eine Lüge. Sie wissen es beide.

Die Morgenroutine hat etwas Surreales. Das Wasser der Dusche auf seiner Haut. Der Dampf des Kaffees. Der Geschmack von Toast, den keiner von ihnen wirklich isst. Sarah trägt seine alte Uni-Jacke über einem schwarzen Kleid. Sie hat sich die Haare hochgesteckt, ganz untypisch für sie. Er kann die Stelle an ihrem Hals sehen.

"Willst du noch etwas essen?", fragt er und deutet auf ihren halb aufgegessenen Toast.

Sie schüttelt den Kopf. "Später vielleicht."

Er weiß, dass es eine Lüge ist. Seit Tagen hat sie kaum gegessen. Seit der Biopsie. Seit der Arzt "schnellstmöglich biopsieren" sagte und "nicht verschieblich" und andere Worte, die zu professionell klangen, um beruhigend zu sein.

Die Stadt erwacht erst zögerlich, als sie zu seinem Wagen gehen. Ein Zeitungsbote. Eine einzelne Straßenbahn. Ein paar Frühaufsteher mit Kaffeetassen to go. Die Normalität fühlt sich falsch an.

Sarah spielt mit dem Radio, als sie losfahren. Sender für Sender. Musik. Nachrichten. Werbung. Nichts passt.

"Lass es aus", sagt er sanft.

Sie nickt. Die Stille ist besser.

Der Parkplatz der Charité ist schon komplett überfüllt. Ärzte in weißen Kitteln. Pflegepersonal in bunter Arbeitskleidung. Patienten mit müden Gesichtern. Sie parken weit weg vom Eingang, es gab kaum noch freie Parkplätze. Der Weg zum Fahrstuhl ist lang.

Die hämatologische Ambulanz liegt im dritten Stock. Weiße Wände. Grauer Linoleumboden. Ein dumpfes Summen von Neonröhren. Der Geruch nach Desinfektionsmittel und schlechtem Kaffee. Sie sind zu früh.

"Ich hole uns Wasser", sagt Thomas. Sarah nickt, lässt sich in einen der Plastikstühle im Wartebereich sinken. Er weiß, dass sie die anderen Patienten beobachten wird. Die alte Dame mit dem Kreuzworträtsel. Den jungen Mann mit den Kopfhörern. Das Paar in ihrem Alter, das sich an den Händen hält. Künstleraugen, die Details einfangen. Normalität in der Ausnahmesituation.
Der Wasserspender gurgelt. Thomas starrt auf den Plastikbecher in seiner Hand. Vor drei Tagen standen sie schon einmal hier. Direkt, nachdem ihr Hausarzt sie hergeschickt hatte. Die Biopsie. Der Arzt hatte es eilig, aber seine Hände waren ruhig. Routine. "Ein kleiner Stich", hatte er gesagt. "Wir klären das ab, keine Sorge." Sarah hatte seine Hand gehalten, während sie die Nadel ansetzten. Er hatte die Stelle an der Wand fixiert, wo die mintgrüne Farbe leicht abblätterte.
"Herr und Frau Lange?" Die Sprechstundenhilfe lächelt professionell. "Doktor Schreiber ist jetzt für Sie da."
Thomas hilft Sarah auf. Ihre Hand ist kalt in seiner. Die nicht mehr mintgrüne Stelle an der Wand ist auch noch da.
Das Arztzimmer ist sehr steril eingerichtet. Kalt fast schon. Diplome an den Wänden. Medizinische Diagramme. Ein großes Modell des Lymphsystems auf dem Schreibtisch. Doktor Schreiber ist jünger als der letzte, vielleicht Anfang vierzig. Er hätte sich gewünscht, denselben Arzt wie beim letzten Mal zu sehen. Er trägt keinen weißen Kittel, sondern lediglich einen blauen, leicht verblichenen Kasack.
"Bitte, setzen Sie sich." Er wartet, bis sie Platz genommen haben. Thomas holt automatisch sein Notizbuch heraus. Struktur. Kontrolle. Sarah sitzt ganz still.
"Ich habe die Ergebnisse der Biopsie hier." Der Arzt öffnet eine Mappe. "Und ich möchte direkt sein: Es ist ein Lymphom. Ein diffuses großzelliges B-Zell-Lymphom, um genau zu sein."

Die Worte fallen in die Stille wie Steine in einen Teich. Thomas'
Stift kratzt über das Papier. Diffus. Großzellig. B-Zell.
"Was bedeutet das?" Sarahs Stimme klingt fest. Fast normal.
Der Arzt lehnt sich vor. Seine Augen sind freundlich, aber ernst.
"Ein Lymphom ist in ihrem Fall eine maligne, also bösartige
Krebserkrankung des lymphatischen Systems. Bei Ihnen sind es
die B-Lymphozyten — eine Art weißer Blutkörperchen — die
sich unkontrolliert vermehren und verändern."
Er greift nach dem Modell auf seinem Schreibtisch. "Sehen Sie die
Lymphknoten hier? Und hier?" Seine Finger zeigen auf
verschiedene Stellen. "Der Tumor, den wir an Ihrem Hals
gefunden haben, ist vielleicht nicht der einzige. Wir müssen
weitere Untersuchungen machen, um das genaue Stadium
festzustellen. Die Schwellungen an Ihrem Hals lassen darauf
hindeuten, dass bereits einige andere Lymphknoten ebenfalls
befallen sein könnten."
Thomas schreibt. Seine Handschrift ist wie immer, klar und
präzise. Als wären es Notizen für ein Bauprojekt. Lymphom.
Stadium. Untersuchungen. Sarah beobachtet das Spiel des Lichts
auf dem Modell.
"Die gute Nachricht ist", fährt der Arzt fort, "dass wir es relativ
früh entdeckt haben. Genaueres können wir erst nach weiteren
Untersuchungen sagen, aber die Schwellungen sind noch relativ
klein. Und es gibt Behandlungsmöglichkeiten. Sehr effektive
sogar."
"Aber?" Sarah sieht ihn direkt an.
"Aber der Weg wird nicht leicht. Wir sprechen von einer
aggressiven Chemotherapie. Mehrere Zyklen. Wahrscheinlich
auch Bestrahlungen. Auf jeden Fall eine operative Entfernung der
betroffenen Lymphknoten, eine sogenannte ‚Neck dissection'."

Thomas' Stift stockt. Operation. Chemotherapie. Das Wort steht
schwarz auf weiß in seinem Notizbuch. Er denkt an Sarahs Haare.
Ihre Locken im Morgenlicht.
"Wie stehen die Chancen?" Seine eigene Stimme klingt fremd in
seinen Ohren.
Der Arzt faltet die Hände auf dem Schreibtisch. "Das hängt von
vielen Faktoren ab. Vom Stadium. Von der genetischen
Ausprägung des Lymphoms. Von der Reaktion auf die Therapie.
Aber ich will ehrlich sein: Es ist eine ernst zu nehmende
Diagnose. Die Therapie muss schnell beginnen."
Sarah nickt. Ihre Hand drückt Thomas' unter dem Tisch. "Was
sind die nächsten Schritte?"
Die nächsten zwanzig Minuten sind ein Strom aus Informationen.
CT. PET. MRT. Therapieprotokoll. R-CHOP. Zyklen. Staging.
Nebenwirkungen. Thomas schreibt alles auf. Seine Hand zittert
nicht. Sarah stellt die richtigen Fragen. Ihre Stimme bleibt fest.
"Wir sehen uns zur Besprechung der ersten Untersuchungen,
sobald wie möglich.", sagt der Arzt zum Schluss. "Haben Sie noch
Fragen?"
Tausende. Keine.
Der Weg zum Auto ist lang. Ihre Schritte hallen auf dem
Linoleum. Der Fahrstuhl riecht nach Krankenhaus. Der Parkplatz
nach Abgasen und kaltem Beton.
Erst als Thomas den Motor startet, bricht es aus Sarah heraus.
"Ich habe Krebs."
Die drei Worte hängen zwischen ihnen. Eine neue Realität.
Er greift nach ihrer Hand. Sie ist warm. Vom Fieber. Von der
Krankheit in ihrem Körper.
"Wir schaffen das", sagt er. Es klingt wie ein Versprechen.

Die Straßen sind jetzt voller. Menschen auf dem Weg zur Arbeit. Kinder mit Schulranzen. Eine Stadt, die sich nicht darum schert, dass sich ihre Welt gerade verändert hat.
"Können wir durch den Park fahren?", fragt Sarah sacht. "Ich möchte die Bäume sehen."
Thomas biegt ab. Die Kastanien im Volkspark Friedrichshain tragen erste gelbe Blätter. Sarah wird den Herbst anders sehen als sonst. Durch Krankenhausfenster. Zwischen Therapien.
"Ich male das", sagt sie plötzlich. "Die Bäume. Die Farben. Bevor..." Sie bricht ab.
Er denkt an ihre Leinwände zu Hause. Die unvollendete Serie für Hamburg. Die Skizzen für neue Projekte. Das Leben, das jetzt pausieren muss.
"Du wirst wieder malen", sagt er. Noch ein Versprechen.
Sie nickt. Ihre Hand liegt auf der Stelle an ihrem Hals. Dort, wo es begann. Wo die Biopsienadel die Wahrheit ans Licht brachte.
Zu Hause angekommen, stehen sie einen Moment ratlos in ihrer Wohnung. All die vertrauten Dinge — Sarahs Staffelei, seine Architekturzeichnungen, ihre gemeinsamen Fotos — sehen anders aus. Als gehörten sie zu einem anderen Leben.
"Ich sollte Marie anrufen", sagt Sarah. "Und die Galerie. Die Ausstellung..."
"Lass uns erst frühstücken", unterbricht Thomas sie sanft. "Richtiges Frühstück. Mit allem."
Ein schwaches Lächeln huscht über ihr Gesicht. "Du meinst, mit deinen berühmten Vollkorn-Pancakes?"
"Mit extra Ahornsirup."
"Ich habe keinen Hunger."
"Ich weiß." Er zieht sie an sich. "Aber wir müssen essen. Und dann rufen wir alle an. Und dann machen wir einen Plan."

Sie schmiegt sich an ihn. Er spürt ihre Tränen durch sein Hemd.
Die ersten an diesem Morgen. Nicht die letzten.
"Einen Plan", murmelt sie gegen seine Brust. "Natürlich machst
du einen Plan."
"Immer." Er küsst ihr Haar. Noch ist es da. Noch ist es ihrer.
"Wir gehen das Schritt für Schritt an. Wie immer."
Sie löst sich von ihm, wischt sich über die Augen. Ihr Blick fällt
auf die Staffelei, die halb fertige Herbstszene darauf. "Ich muss
das noch fertig malen."
"Das wirst du."
"Versprich es."
"Ich verspreche es."
Sie nicken beide, als hätten sie gerade einen Vertrag geschlossen.
Vielleicht haben sie das. Ein Versprechen an die Zukunft. An das
Leben danach.
Thomas geht in die Küche, beginnt Teig anzurühren. Die
vertrauten Bewegungen beruhigen ihn. Mehl. Eier. Milch. Dinge,
die Sinn ergeben. Sarah setzt sich an den Küchentisch, beobachtet
ihn. Wie früher. Fast wie früher.
Die Sonne steht jetzt höher. Ihr Licht fällt durch die
Küchenfenster, zeichnet Muster auf den Boden. Sarah würde sie
normalerweise skizzieren. "Licht und Schatten", würde sie sagen.
"Die wahre Kunst liegt in den Übergängen."
Jetzt sitzen sie schweigend da, während der Teig in der Pfanne
blubbert. Die drei Worte schweben zwischen ihnen. Nicht
ausgesprochen, aber da. Wie der Geruch von Pancakes. Wie die
Wärme ihrer Hände, die sich über den Küchentisch hinweg
finden.
Der Tag liegt vor ihnen. Mit Anrufen und Tränen und Plänen. Mit
der neuen Realität, die sie noch nicht ganz begreifen. Mit einer
Zukunft, die anders aussieht als gedacht.

Aber jetzt gibt es erst mal Pancakes. Mit extra Ahornsirup. Ein Stück Normalität in der Ausnahmesituation. Ein Anker im Sturm. Die Sonne malt weiter ihre Muster auf den Küchenboden. Sarah beobachtet sie. Vielleicht wird sie sie später zeichnen. Vielleicht auch nicht. Sie haben Zeit, das herauszufinden.

Kapitel 7: Verwandlung

Thomas liegt wach und beobachtet die Schatten an der Decke. Draußen fällt der erste Schnee des Jahres, große, weiche Flocken, die das Licht der Straßenlaternen diffus durch die Fenster werfen. Seine Hand tastet nach der Stelle neben sich. Sarah schläft noch, aber unruhig. Seit der ersten Chemotherapie hat sich ihr Schlaf verändert. Leichter. Fragmentierter. Manchmal findet er sie nachts am Küchentisch, eine kalte Tasse Tee vor sich, den Blick auf ihre unvollendeten Leinwände gerichtet.

Neunzehn Tage sind seit der ersten Infusion vergangen. Er hat alles dokumentiert. Die Übelkeit an Tag vier bis sieben. Die bessere Phase danach. Die neue Müdigkeit seit Tag fünfzehn. Die Ärztin hatte sie vorbereitet, dass der Haarverlust nach etwa zwei bis drei Wochen beginnen würde. "Oft passiert es über Nacht", hatte sie gesagt.

Sarah bewegt sich neben ihm, ihre Hand fährt zum Kopf. Ein langes Einatmen. Er weiß, was sie gefunden hat, noch bevor er die Strähnen auf dem weißen Kissen sieht. Rotbraune Locken, losgelöst, als hätten sie sich im Schlaf dazu entschieden zu gehen.

"Es ist okay", sagt er leise. "Ich bin wach."

Sie dreht sich zu ihm. Im Halbdunkel sieht er ihre Augen glänzen. Keine Tränen. Noch nicht.

"Ich geh duschen", sagt sie und steht auf. Ihre Bewegungen sind vorsichtig, als könnte eine falsche Bewegung mehr auslösen, als sie bereit ist zu verlieren.

Thomas wartet, bis er das Wasser rauschen hört. Seine Hand gleitet über das Laken, sammelt die losen Haare ein. Wie oft hat er sich über ihre Haare auf seinem Kopfkissen beschwert? Sie waren überall. Im Waschbecken. Im Staubsauger. Zwischen den Seiten

seiner Bücher. Kleine rotbraune Markierungen ihrer Präsenz in seinem Leben.
In der Küche geht er seine morgendliche Routine durch. Kaffeemaschine. Eier. Toast. Die präzisen Bewegungen beruhigen ihn. Auf seinem Handy blinken Nachrichten. Die Präsentation des Kulturzentrums heute um zehn. Drei Monate Arbeit. Das wichtigste Projekt des Jahres.
Er öffnet den Chat mit Andrea.

Thomas [6:47]: Muss das Meeting verschieben. Familienangelegenheit.
Andrea [6:48]: Ich übernehm das. Grüß Sarah.
Andrea [6:48]: Wir schaffen das auch ohne dich.
Thomas [6:49]: Danke.

Das Wasserrauschen verstummt. Die folgende Stille dauert zu lange.
Er findet Sarah vor dem beschlagenen Badezimmerspiegel. Ein Handtuch um die Schultern, wie einen ihrer Malkittel. Ihre nassen Haare hängen in Strähnen. Im Waschbecken, auf dem Boden, an ihren Händen — überall Haare. Sie versucht nicht einmal, sie wegzuwischen.
"Ich glaube", sagt sie mit dieser ruhigen Stimme, die er von ihr kennt, wenn sie eine Entscheidung getroffen hat, "es ist Zeit."
Er nickt. In der untersten Schublade liegt ein elektrischer Rasierer. Neu. Noch originalverpackt. Er hatte ihn gekauft, nachdem der Arzt ihnen von den Nebenwirkungen erzählt hatte. Eine seiner vielen Vorbereitungen. Wie die Mützen im Schlafzimmerschrank. Die weichen Kopftücher. Der Termin mit dem Perückenmacher.
Sarah setzt sich auf den Badewannenrand. Das Handtuch über ihren Schultern saugt die Wassertropfen aus ihren Haaren. Er

kann die Stelle an ihrem Hals sehen, wo sie die Biopsie
entnommen haben. Die Narbe ist noch rosa.
"Bist du sicher?", fragt er, den Rasierer in der Hand.
Sie nickt. "Mach du es. Bitte."
Der Rasierer surrt in seiner Hand. Er beginnt im Nacken, wo ihre
Locken am wildesten sind. Waren. Das nasse Haar gibt leicht
nach. Strähne um Strähne fällt zu Boden, sammelt sich um ihre
nackten Füße wie herbstliches Laub.
Seine Bewegungen sind präzise, methodisch. An den Seiten. Über
den Ohren. Vorsichtig an der Stelle der Narbe. Er konzentriert
sich auf die Mechanik, auf die Technik. Nicht auf die Bedeutung.
Sarah sitzt ganz still. Ihre Augen sind geschlossen, aber ihre
Hände liegen entspannt in ihrem Schoß. Sie vertraut ihm. Wie sie
ihm immer vertraut hat. Mit ihrer Kunst. Mit ihren Ängsten. Mit
ihrer Krankheit. Mit dieser Transformation.
Die letzte Strähne an ihrer Stirn fällt. Er schaltet den Rasierer aus.
Die Stille im Bad ist absolut.
Sarah öffnet die Augen, hebt verunsichert die Hand zu ihrem nun
kahlen Kopf. Ihre Finger gleiten über die nackte Haut, erkunden
die neue Kontur. Ihr Gesicht im Spiegel ist anders. Verletzlicher.
Stärker.
Einer Eingebung folgend, ohne nachzudenken schaltet Thomas
den Apparat wieder an und setzt ihn an seinem eigenen Kopf an.
"Thomas, nicht —" Sie will aufstehen, seine Hand greifen.
Er schüttelt nur leicht den Kopf, zieht die erste Bahn durch sein
dunkles Haar. Jetzt gibt es kein Zurück mehr. Er spürt mehr als er
sieht, wie die Tränen über ihre Wangen laufen. Nicht aus Trauer.
Aus etwas anderem.
Sein eigenes Haar fällt schneller, ist kürzer, braucht weniger
Sorgfalt. Er arbeitet konzentriert, präzise, bis auch sein Kopf kahl

ist. Die Luft im Bad fühlt sich kühl an auf seiner nackten Kopfhaut.

Ihre Reflexionen im Spiegel sind fremd und vertraut zugleich. Zwei kahle Köpfe. Ihre Ähnlichkeit. Ihre Verschiedenheit. Sarah steht auf, tritt neben ihn. Ihre Schultern berühren sich. Haut an Haut, wo vorher Haare waren.

"Wir sehen aus wie Aliens", sagt sie schmunzelnd.

"Aber ausgesprochen attraktive Aliens", stimmt Thomas zu, woraufhin beide anfangen zu lachen und nicht mehr dazu in der Lage sind wieder aufzuhören.

Sie ignorieren die Haare und treten aus dem Bad und vor die Fenster des Schlafzimmers. Darum würden sie sich später kümmern.

"Der erste Schnee des Jahres", sagt sie leise mit einem Blick hinaus. "Ausgerechnet heute."

Er legt den Arm um sie. "Du brauchst eine warme Mütze."

"Du auch." Ein schwaches Lächeln. "Was ist mit der Arbeit?"

"Andrea übernimmt die Präsentation."

Sie nickt. Ihre Hand gleitet über seinen kahlen Kopf. "Es fühlt sich anders an als ich dachte."

"Glatter?"

"Lebendiger."

Sie frühstücken in der Küche. Der Schnee fällt jetzt dichter, verwandelt die Stadt in ein mit Puderzucker bedecktes Sammelsurium aus Häusern. Thomas macht frische Eier, nachdem die ersten kalt geworden sind. Sarah sitzt am Fenster, beobachtet die Flocken. Sie fasst sich immer wieder an ihren Kopf, eine unbewusste Geste. Sie hatte Thomas immer gern über den Nacken gestrichen, wenn er vom Friseur kam. Die Stoppeln fühlten sich immer gut an.

"Marie will uns per Video anrufen", sagt sie zwischen zwei Bissen
Toast, nachdem sie einen kurzen Blick auf ihr Handy geworfen
hat. Sie isst mehr als sonst in den letzten Wochen. "Soll ich...?"
"Natürlich."
Maries Gesicht erscheint auf dem Bildschirm. Ihre Augen weiten
sich, als sie sie sieht. Dann lacht sie. "Oh mein Gott, ihr seht aus
wie ein Alien-Ehepaar!"
Sarah lacht auch, zum ersten Mal heute richtig. "Das hab ich auch
gesagt!"
"Thomas!" Marie schüttelt ungläubig den Kopf. "Du verrückter
Kerl."
Er zuckt mit den Schultern. "Neue Frisur für den Winter."
Sie reden eine Weile. Über die Galerie. Über das Kulturzentrum.
Über alltägliche Dinge. Marie fragt nicht nach der Therapie, nach
Nebenwirkungen, nach Prognosen. Sie kennt Sarah zu gut dafür.
Nach dem Gespräch steht Sarah am Fenster, den Kopf gegen die
kühle Scheibe gelehnt. "Lass uns spazieren gehen."
"Es schneit."
"Genau."
Er holt die Mützen aus dem Schrank. Weiche Kaschmirmützen in
verschiedenen Farben. Sarah nimmt die dunkelgrüne, passend zu
ihren Augen. Er nimmt die graue. Sie fühlen sich fremd an auf der
bloßen Kopfhaut, aber nicht unangenehm.
Die Stadt ist still unter dem Schnee. Ihre Schritte knirschen auf
dem frischen Weiß. Sie gehen zum Park, wo Sarah normalerweise
gerne skizziert. Die kahlen Bäume tragen weiße Mützen. Ein paar
Kinder bauen einen Schneemann. Eine alte Dame mit Hund nickt
ihnen freundlich zu. Die schöne Seite der Stadt.
"Ich hab die Perückenberatung abgesagt", sagt Sarah nach einer
Weile.
Er sieht sie an. "Sicher?"

Sie nickt. "Es fühlt sich... nicht richtig an. Nicht jetzt." Sie bleibt stehen, dreht sich zu ihm. "Ist das okay?"
"Es ist deine Entscheidung."
"Unsere", korrigiert sie. "Du musst mich ja ansehen."
"Ich seh dich immer gern an."
Sie lächelt. Schnee sammelt sich auf ihrer Mütze, auf ihren Wimpern. "Auch ohne Haare?"
"Besonders ohne Haare."
Sie verbringen noch einige Zeit im Park, bis die Kälte ihnen langsam, aber sicher in die Knochen zieht.
Zu Hause ziehen sie die nassen Sachen aus. Das Bad ist noch immer ein Chaos. Ihre beiden Haare überall. Thomas beginnt aufzuräumen, aber Sarah hält ihn zurück.
"Warte." Sie holt ihr Skizzenbuch, beginnt zu zeichnen. Schnelle Striche. Die gefallenen Haare. Die kahlen Köpfe. Die Verwandlung.
"Das erste Bild seit Wochen", flüstert sie.
Er sieht über ihre Schulter. Die Zeichnung ist anders als ihre sonstigen. Roher. Ehrlicher. Vielleicht aber auch einfach ein wenig hektischer gezeichnet.
"Es ist perfekt", sagt er.
Sie verbringen den Abend auf dem Sofa. Keine Filme. Keine Bücher. Nur der Schnee vor dem Fenster und die Stille zwischen ihnen. Sarah liegt in seinen Armen, ihre kahlen Köpfe reiben aneinander, wenn sie sich bewegt. Eine neue Art von Intimität.
"Danke", sagt sie irgendwann in die Dunkelheit.
"Wofür?"
"Fürs Dasein. Fürs Verstehen. Fürs... das hier." Sie gibt ihm einen seichten Klaps auf den kahlen Kopf.
Er zieht sie enger an sich.
"Thomas?"

"Hm?"
"Ich liebe dich."

Kapitel 8: Sturz

Thomas steht am Fenster seines Büros und starrt auf sein
Spiegelbild in der Scheibe. Drei Wochen sind vergangen, seit er
sich die Haare abrasiert hat. Ein feiner Flaum bedeckt mittlerweile
seinen Kopf — er könnte ihn wieder abrasieren, aber irgendwie
fehlt ihm die Kraft dazu. Sarah hat gestern gesagt, es sähe aus wie
ein sehr kurzer Militärschnitt. Sie selbst ist noch komplett kahl.
Die Chemotherapie verhindert jedes Nachwachsen.
Sein Handy vibriert in seiner Tasche. Wahrscheinlich wieder
Andrea mit den Änderungswünschen für das Kulturzentrum. Er
hat die Präsentation vor zwei Tagen nachgeholt, aber sein Kopf
war nicht wirklich dabei. Zu viele Gedanken an den heutigen
Termin. Die Staging-Ergebnisse.

Sarah [9:17]: Bin schon in der Klinik.
Sarah [9:17]: Früher da als geplant, hab den Bus früher
genommen.
Sarah [9:18]: Musst nicht hetzen.

Er tippt eine schnelle Antwort.

Thomas [9:18]: Bin in 20 Minuten da.
Sarah [9:19]: <3.

Der Verkehr ist dichter als sonst. Eine Baustelle an der Kreuzung,
die gestern noch nicht da war. Thomas trommelt ungeduldig auf
das Lenkrad. Die Ampel springt zum dritten Mal auf Rot. Sein
Blick fällt auf die Uhr am Armaturenbrett. 9:41 Uhr.

Er hasst es, zu spät zu kommen. Normalerweise plant er genug
Puffer ein. Aber heute Morgen war alles anders. Sarah hatte kaum
geschlafen, was bedeutete, dass auch er kaum geschlafen hatte.
Die Übelkeit der letzten Chemotherapie war noch nicht ganz
abgeklungen. Sie hatte beim Frühstück nur Tee getrunken, den
Toast nicht angerührt.
"Ich fahr schon mal in die Stadt", hatte sie gesagt. "Muss noch ein
paar Besorgungen machen."
Er hatte sie fahren lassen, gegen seinen Instinkt. Sie hasst es, wenn
er sie überbehütet. "Ich bin krank, nicht invalide", sagt sie dann
immer. Mit diesem Unterton, der keinen Widerspruch duldet.
9:47 Uhr. Die Charité ragt vor ihm auf, grau gegen den grauen
Februarhimmel. Er findet einen Parkplatz, zu weit weg vom
Eingang. Seine Schritte hallen auf dem gefrorenen Asphalt.
Sarah sitzt im Wartebereich, ein Skizzenblock auf den Knien. Die
dunkelgrüne Mütze ist leicht verrutscht. Sie zeichnet die alte
Dame gegenüber, die in einer Zeitschrift blättert. Ihre Striche sind
anders als früher. Zögerlicher. Oder vielleicht sieht er das auch
nur so.
"Hey." Er beugt sich zu ihr, küsst ihre Wange. Sie fühlt sich warm
an. Zu warm.
"Du hast nichts verpasst", sagt sie und klappt den Block zu. "Ich
glaube heute ist hier viel los. Vielleicht dauert es noch."
Er setzt sich neben sie, seine Hand findet ihre. Ihre Finger sind
kalt trotz der Wärme ihrer Wangen. Fieber. Schon wieder. Sie
warten schweigend. Die alte Dame mit der Zeitschrift wird
aufgerufen. Ein junger Mann nimmt ihren Platz ein, Kopfhörer in
den Ohren. Die Minuten vergehen zäh, als wären sie aus
Kaugummi gemacht.
"Herr und Frau Lange?" Die Sprechstundenhilfe lächelt
professionell. "Doktor Schreiber ist jetzt für Sie da."

Das Arztzimmer hat sich nicht verändert. Das gleiche Modell des Lymphsystems auf dem Schreibtisch. Die gleichen Diplome an den Wänden. Doktor Schreiber sieht müde aus. Er trägt wieder den blauen, verblichenen Kasack. Vielleicht war es aber auch ein anderer.
"Bitte, setzen Sie sich."
Thomas holt automatisch sein Notizbuch heraus. Sarah neben ihm sitzt ganz still. Wie damals, bei der Diagnose. Er spürt die Spannung in ihrer Hand und kann es ihr nicht verübeln.
"Ich habe die Ergebnisse des Stagings hier." Der Arzt öffnet eine Mappe. Zu viele Seiten. Zu viele Bilder. "Und ich muss leider sagen, die Situation ist komplexer als zunächst angenommen."
Er dreht den Bildschirm zu ihnen. CT-Aufnahmen in Graustufen. Weiße Flecken, wo keine sein sollten.
"Diese Lymphknoten hier." Seine Hand zeigt auf verschiedene Stellen. "Und die hier. Und diese Region im Mediastinum — das ist der Bereich zwischen den Lungenflügeln. Dort sehen wir einen Befall, der sich ausgebreitet hat."
Thomas schreibt. Seine Handschrift ist nicht mehr so präzise wie früher. Sarah sitzt noch immer regungslos da. Sie war immer schon die Stärkere von ihnen beiden.
"Was bedeutet das?", fragt sie. Ihre Stimme klingt fest. Fast normal.
Der Arzt faltet die Hände auf dem Schreibtisch. "Es bedeutet, dass wir es mit einem Stadium III B zu tun haben. Der Lymphom Befall ist deutlich ausgedehnter als die ersten Untersuchungen vermuten ließen. Und die genetischen Marker, die wir in der Biopsie gefunden haben..." Er macht eine Pause. "Sie deuten auf eine besonders aggressive Variante hin."
Thomas' Stift stockt. Stadium III B. Aggressive Variante. Die Worte schwimmen vor seinen Augen.

Der Arzt faltet die Hände. "Wir werden die Therapie intensivieren müssen. Das bedeutet häufigere Zyklen, höhere Dosen. Wegen der Ausbreitung wird eine Operation nicht möglich sein. Der Weg wird nicht einfach, aber wir haben durchaus Chancen."
Sarah sitzt ganz still. "Wie stehen die Chancen konkret?"
Der Arzt sieht sie direkt an. Seine Stimme ist ruhig, aber nicht ohne Hoffnung. "Mit der intensivierten Therapie liegen die Heilungschancen bei etwa dreißig bis vierzig Prozent. Das ist nicht optimal, aber es bedeutet, dass wir einen realistischen Kampf vor uns haben."
Die Zahl fällt in die Stille wie ein Stein in einen tiefen Brunnen. Thomas' Hand verkrampft sich um den Stift. Dreißig bis vierzig Prozent. Weniger als ein Münzwurf.
Der Rest des Gesprächs verschwimmt. Neue Medikamente. Nebenwirkungen. Prophylaxen. Thomas schreibt alles auf, mechanisch, als würde er Notizen für ein Bauprojekt machen. Sarah stellt die richtigen Fragen. Ihre Stimme bleibt dabei fest. Dr. Schreiber verabschiedet sie nach einiger Zeit mit aufmunternden Worten, die Thomas bereits hinter der Tür vergisst.
Auf dem Parkplatz bricht es dann aus Sarah heraus. "Ich muss ins Atelier."
"Sarah..."
"Bitte. Ich muss... ich muss arbeiten. Solange ich noch kann."
Er will widersprechen. Will sie nach Hause bringen, ins Bett stecken, behüten. Aber er kennt diesen Blick und diese Entscheidung muss er ihr überlassen. Also fährt er sie zu ihrem Atelier. Das alte Gebäude wirkt winterlich grau. Die Heizung funktioniert nur manchmal. Aber es ist ihr Zufluchtsort.
"Holst du mich in ein paar Stunden ab?", fragt sie und steigt aus.
Er nickt. "Ruf an, wenn..."

"Ich weiß." Sie lächelt schwach. "Wenn irgendwas ist."
Er sieht ihr nach, wie sie die Treppen hochsteigt. Gebrechlicher
als früher. Die grüne Mütze leuchtet im grauen Treppenhaus wie
ein Versprechen. Er steigt wieder in sein Auto und macht sich auf
den Weg zurück in die Firma.
Das Büro empfängt ihn mit der üblichen Hektik. Andrea steckt
den Kopf zur Tür herein, einen Stapel Unterlagen im Arm.
"Die Änderungswünsche für das Kulturzentrum", sagt sie. Dann
sieht sie sein Gesicht und auch ihr rutscht das Lächeln aus ihrem.
"Nicht gut?"
Er schüttelt den Kopf. Sie stellt die Unterlagen auf seinen
Schreibtisch, drückt kurz seine Schulter. Keine Worte. Sie kennt
ihn gut genug.
Die nächsten zwei Stunden vergehen wie in Watte. Er starrt auf
Baupläne, die keinen Sinn ergeben. Unterschreibt Dokumente,
ohne sie zu lesen. Sein Handy liegt griffbereit neben der Tastatur.
Um 13:47 Uhr kommt der Anruf.
"Thomas." Maries Stimme. Nicht Sarahs. "Du musst kommen.
Schnell."
Er ist bereits aufgesprungen, greift nach seinem Mantel. "Was ist
passiert?"
"Sie... sie ist zusammengebrochen. Im Atelier. Ich hab sie kurz
besucht, wollte ihr gerade einen Tee machen, und..." Marie klingt
außer Atem. "Der Krankenwagen ist unterwegs."
Die Fahrt zum Atelier ist ein Blur aus roten Ampeln und Sirenen.
Der Rettungswagen steht bereits vor dem Gebäude, die
Blaulichter werfen gespenstische Schatten an die Hauswand.
Sarah liegt auf einer Trage, blass wie das Laken unter ihr. Die
grüne Mütze ist verrutscht, zeigt ihren kahlen Kopf. Marie steht
daneben, hält Sarahs Hand. Farbe klebt an ihrer Jacke.

"Sie hat gemalt", sagt Marie. "Ein neues Bild. Dann ist sie einfach... umgekippt." Thomas drückt sie kurz. "Gott sei Dank warst du da."

Die Sanitäter schieben die Trage in den Wagen. Sarah öffnet kurz die Augen, erkennt ihn.

"Die Hamburg-Serie", flüstert sie. "Sie war fast fertig."

"Ich weiß", sagt er und nimmt ihre andere Hand. "Ich weiß."

Die Fahrt zur Notaufnahme ist kurz. Zu kurz, um die Realität zu begreifen. Zum zweiten Mal an diesem Tag sitzt Thomas in einem Raum in der Charité. Die Ärzte übernehmen, stellen Fragen. Fieber. Infektion. Neutropenie — zu wenig weiße Blutkörperchen nach der Chemotherapie. Worte, die er in sein Notizbuch schreiben sollte, aber seine Hände zittern zu stark.

Marie organisiert Kaffee, den keiner trinkt. Die Stunden ziehen sich. Sarah bekommt Antibiotika, Infusionen, Medikamente. Immer mal wieder erscheint eine freundliche Pflegerin, die kurze Informationshappen an Marie und Thomas weitergibt. Sarah scheint sich zu stabilisieren. Mit dieser Nachricht macht Marie sich auf den Weg nach Hause. "Ruf sofort an, wenn etwas ist. Sonst komme ich morgen wieder vorbei." Er nickt.

Es ist fast Mitternacht, als er endlich zu ihr darf. Das Krankenzimmer ist dunkel bis auf das Licht der Monitore. Sie sieht klein aus in dem großen Bett, umgeben von piependen Maschinen.

"Hey", flüstert sie.

Er setzt sich auf die Bettkante, nimmt ihre Hand. Die Infusionsnadel sticht in ihren Handrücken, genau dort, wo sonst immer Farbflecken sind.

"Es tut mir leid", sagt sie. "Ich wollte nur... ich musste einfach..."

"Ich weiß." Er streicht über ihren kahlen Kopf. Die grüne Mütze liegt jetzt auf dem Nachttisch.

Sie schweigen eine Weile, hören nur das rhythmische Piepen der
Monitore. Draußen fährt ein weiterer Krankenwagen vor,
Blaulicht tanzt kurz über die Wände.
"Thomas?" Ihre Stimme ist kaum mehr als ein Hauch.
"Hm?"
"Ich habe Angst."
Er legt sich zu ihr ins Bett, vorsichtig um die Schläuche und Kabel
herum. Sie schmiegt sich an ihn, wie sie es tausendmal zuvor getan
hat.
"Ich auch", flüstert er in ihr Ohr.
Sie weint nicht. Er auch nicht. Sie halten sich nur fest, während
die Nacht um sie herum atmet.
Der Morgen dämmert bereits in Grautönen, als Thomas das
nächste Mal zum Fenster sieht. Sarah schläft endlich, ihr Atem
gleichmäßig. Thomas beobachtet die ersten fernen
Sonnenstrahlen, die durch das Fenster fallen. Sie zeichnen Muster
auf den Linoleumboden. Sarah würde sie zeichnen wollen, denkt
er. Die Art, wie das Licht die Schatten formt. Die Übergänge. Die
versteckten Momente.
Aber Sarah schläft. Und die Muster verblassen, noch bevor er sie
richtig sehen kann.

Kapitel 9: Kämpfe

Die Notaufnahme der Charité ist ein Ort zwischen den Zeiten.
Thomas sitzt auf einem der hellgrauen Plastikstühle und
beobachtet die Zeiger der Wanduhr, die sich quälend langsam
bewegen. 3:17 Uhr. Seit vier Stunden sitzt er hier. Seit einer der
Momente kam, vor denen er sich seit Wochen gefürchtet hatte.
Es hatte sich über den Tag aufgebaut. Sarah war schon morgens
heiser gewesen, hatte über Druckgefühl geklagt. Nichts
Ungewöhnliches in Woche drei nach der letzten Chemotherapie
— die Lymphknoten schwellen manchmal an, das wussten sie.
Aber dann wurde das Atmen schwerer. Erst nur bei Bewegung.
Dann im Sitzen. Am Abend konnte sie nur noch aufrecht im Bett
lehnen.
Um elf hatte er den Notarzt gerufen. Die Minuten bis zum
Eintreffen des Rettungswagens dehnten sich wie Stunden. Sarah,
die um Luft rang. Dieses pfeifende Geräusch beim Atmen, das er
nie wieder vergessen wird. Die Hilflosigkeit in ihren Augen.
Der große Lymphknoten an ihrem Hals, den der Onkologe letzte
Woche mit Sorge betrachtet hatte. Sie hatten die nächste
Chemotherapie vorverlegen wollen. Zu spät.
Die Notaufnahme war eine Flut aus Aktivität gewesen. Intubation.
CT. Worte wie "Trachealkompression" und "vital bedroht". Dann
die schnelle Entscheidung: Notfall-OP. Er wurde schnell in einem
Wartebereich untergebracht.
Jetzt sitzt er hier. Allein. Er hatte Marie anrufen wollen, aber sein
Handy liegt noch zu Hause auf dem Nachttisch. In der Hektik
vergessen. Vielleicht besser so. Was sollte er auch sagen?

3:43 Uhr. Thomas steht auf, läuft den Korridor entlang. Seine Schritte hallen auf dem Linoleumboden. An den Wänden hängen abstrakte Kunstdrucke in gedeckten Farben. Sarah würde sie hassen. "Kunst für Menschen, die keine Kunst mögen", würde sie sagen. Hätte sie gesagt.

Der Kaffeeautomat summt, als er sich einen Becher zieht. Der Geschmack ist scheußlich, aber das Gefühl der warmen Tasse in seinen Händen erdet ihn irgendwie. Seine Finger zittern leicht. Er hat seine Uhr vergessen. Und eine Jacke. Die Krankenhauskälte kriecht durch sein dünnes Hemd.

Vier Stunden schon. Er versucht, nicht daran zu denken, was gerade im OP passiert. Wie sie Platz schaffen für Sarahs Luftröhre. Wie sie zwischen geschwollenen Lymphknoten und lebenswichtigen Gefäßen navigieren. Seine Architektenlogik will die Anatomie verstehen, will Pläne zeichnen, Lösungen finden. Aber hier gibt es keine Pläne. Keine Kontrolle.

Ein junger Assistenzarzt huscht vorbei, nickt ihm müde zu. Thomas kennt ihn nicht, aber er kennt diesen Blick. Den Blick, den sie den Angehörigen auf den Gängen des Krankenhauses zuwerfen. Mitfühlend. Professionell distanziert. Als wären sie Teil einer anderen Welt.

4:15 Uhr. Der Kaffee ist kalt geworden. Thomas stellt den halb vollen Becher auf einen Beistelltisch, neben andere verlassene Becher. Seine Gedanken wandern zu ihrer ersten Nacht zusammen. Sarah, die um drei Uhr aufstand, weil sie eine Idee für ein Bild hatte. Er hatte sie vom Bett aus beobachtet, wie sie im Schein der kleinen Stehleuchte arbeitete. Wilde Locken. Konzentrierter Blick. Farbflecken auf seinem alten Uni-Shirt.

Die Locken sind weg. Die Farben auch. Geblieben ist nur das Shirt, ordentlich zusammengelegt auf ihrem Kissen. Als würde es auf sie warten.

4:47 Uhr. Ein Patient wird eingeliefert. Sirenen. Hektik. Stimmen. Thomas drückt sich an die Wand, macht Platz für die Trage, die durch die Notaufnahme geschoben wird. Leben und Tod, die sich auf den Gängen kreuzen.
Er denkt an die Prognose. Dreißig bis vierzig Prozent. Der Arzt hatte von Chancen gesprochen. Von Kampf. Von Zeit. Aber in Momenten wie diesen fühlen sich alle Prozente an wie ein schlechter Witz. Wie kann man Leben in Zahlen messen?

5:23 Uhr. Die Morgendämmerung kriecht durch die hohen Fenster. Thomas steht am Fenster und beobachtet, wie die Stadt erwacht. Erste U-Bahnen. Einzelne Fußgänger. Ein neuer Tag beginnt, als wäre nichts geschehen. Als läge Sarah nicht ein paar Stockwerke über ihm auf einem OP-Tisch.
Seine Hand findet die grüne Mütze in seiner Hosentasche. Er hatte sie automatisch eingesteckt, als die Sanitäter Sarah auf die Trage hoben. Sie ist weich zwischen seinen Fingern. Ein Farbfleck am Rand erinnert ihn an den Tag vor zwei Wochen, als sie zum ersten Mal wieder gemalt hatte. Nur eine kleine Skizze. Die Aussicht aus dem Behandlungszimmer während der Chemotherapie. "Die versteckten Momente", hatte sie in die Ecke geschrieben.

6:05 Uhr. Seine Beine sind taub vom Sitzen, aber er kann nicht stillhalten. Wieder der Gang auf und ab. Eine Schwester bietet ihm einen weiteren Kaffee an. Er lehnt ab.

Die ersten Krankenhausangestellten kommen zur Frühschicht.
Müde Gesichter. Gedämpfte Gespräche. Der Schichtwechsel
bringt neue Energie in die Gänge. Neue Hoffnung. Oder vielleicht
bildet er sich das auch nur ein.

6:42 Uhr. Der Chirurg kommt in seinem OP-Kittel. Thomas'
Herz setzt aus. Aber der Arzt lächelt leicht. Die Operation sei gut
verlaufen. Sie hätten den komprimierenden Tumor teilweise
entfernen können. Die Atemwege seien frei. Sarah sei stabil, aber
noch intubiert. Sie würden sie noch für einige Stunden im
künstlichen Koma halten, bis die kritische Phase vorbei sei.
Thomas nickt mechanisch. Die Worte schwimmen vor seinen
Augen. Erleichterung vermischt sich mit Müdigkeit. Er will
Fragen stellen. Will verstehen. Will Kontrolle. Aber seine Kehle ist
wie zugeschnürt.
Sie bringen ihn auf die Überwachungsstation. Ein Einzelzimmer,
hell erleuchtet. Sarah liegt regungslos im Bett, umgeben von
piependen Monitoren. Der Tubus in ihrem Mund. Schläuche.
Kabel. Eine Maschine atmet für sie.
Er setzt sich neben das Bett. Ihre Hand ist warm in seiner, aber
schlaff. Leblos. Die grüne Mütze legt er auf den Nachttisch. Wie
ein Versprechen.
Die Sonne steigt höher. Irgendwo da draußen beginnt ein neuer
Tag. Menschen gehen zur Arbeit. Kinder zur Schule. Die Welt
dreht sich weiter.
Thomas sitzt und hält sie fest. Hört dem stetigen Piepen der
Monitore zu. Beobachtet, wie ihr Brustkorb sich hebt und senkt,
gleichmäßig, mechanisch. Und zum ersten Mal, seit alles begann,
erlaubt er sich zu weinen.
Später wird Marie kommen. Später werden die Ärzte Runden
machen. Später wird Sarah aufwachen. Aber jetzt, in diesem

Moment, ist er allein mit seiner Angst. Mit seiner Liebe. Mit der
Stille.
"Ich bin hier", flüstert er. Die drei Worte verhallen ungehört im
Summen der Maschinen. Aber er spricht sie trotzdem.
Die Monitore piepen weiter ihren stetigen Rhythmus. Ein
Herzschlag nach dem anderen. Ein Atemzug nach dem anderen.
Ein Moment nach dem anderen.

Kapitel 10: Licht

Thomas erwacht von einem ungewohnten Geräusch: Stille. Kein
Piepen von Monitoren. Keine rastlosen Bewegungen neben ihm.
Kein viel zu früh klingelnder Wecker. Keine unterdrückten
Schmerzlaute. Nur das leise Atmen von Sarah und das entfernte
Rauschen der erwachenden Stadt.
Die letzten Wochen waren besser gewesen. Nicht gut, aber sehr
viel besser. Die Therapie zeigt endlich Wirkung. Die
Lymphknoten bilden sich zurück. Die Blutwerte stabilisieren sich.
Kleine Schritte zurück in Richtung Normalität.
Sarah schläft noch, eingerollt auf ihrer Seite. Ein feiner roter
Flaum bedeckt ihren Kopf, schimmert in der Dämmerung wie ein
Versprechen. Die grüne Mütze liegt unbenutzt auf dem
Nachttisch. Gestern Abend hatte sie zum ersten Mal seit Monaten
nicht danach gegriffen.
Er will aufstehen, seine übliche Morgenroutine beginnen, aber
ihre Hand findet seinen Arm.
"Bleib", murmelt sie, die Augen noch geschlossen. "Ist Samstag."
"Woher weißt du das? Du schläfst doch."
"Dein Wecker hat nicht geklingelt." Sie gähnt. "Außerdem riecht's
nach Samstag."
"Samstag hat einen Geruch?"
"Mhm. Nach ausschlafen und Frühstück im Bett."
Er lacht herzlich. Diese Art von Gesprächen hat er vermisst. Die
kleinen Albernheiten am Morgen. Die Momente, in denen die
Krankheit nicht der erste Gedanke ist.
"Kein Frühstück im Bett", sagt er. "Krümel im Bett sind —"
"'Der Untergang der Zivilisation'", äfft sie seine Stimme nach und
öffnet ein Auge. "Du und deine Ordnung."

"Sagt die Frau, die Farbe auf meiner Seite des Bettes hinterlässt."
"Das war einmal! Vor zwei Jahren!"
"Der Fleck ist immer noch da."
Sie setzt sich auf, späht auf seine Matratze. "Wo denn?"
"Ha! Wusste ich's doch — du bist wach, also können wir am Tisch frühstücken."
Sarah wirft ihr Kissen nach ihm, trifft aber nur die Wand. Die Bewegung ist noch nicht so kraftvoll wie früher, aber sie lacht. Ein echtes Lachen, das ihre Augen erreicht.
"Eier?", fragt er.
Sie nickt. "Aber erst duschen. Ich fühl mich..." Sie sucht nach Worten.
"Lebendig?"
"Ja." Sie klingt überrascht. "Genau das."
Die Morgenroutine ist anders als früher. Bedächtiger. Aber heute ohne die bleierne Müdigkeit der letzten Monate. Auch Thomas fühlt sich viel stärker und voller Energie. Sarah steht lange unter der Dusche, genießt das warme Wasser. Als sie herauskommt, schaut Thomas sie lächelnd mit der Tasse in der Hand an. Locker an den Türrahmen zur Küche gelehnt.
"Der Flaum steht dir", sagt er und meint es ernst. Die feinen roten Haare erinnern ihn an die Morgensonne, die sich in ihren Locken fing, damals bei ihrer ersten Begegnung.
"Findest du?" Sie fährt sich unsicher über den Kopf.
"Wie ein sehr stylischer Buzzcut."
Sie schnaubt. "Du meinst wie ein gerupftes Küken."
"Ein sehr hübsches gerupftes Küken."
Das bringt ihm einen Handtuchschlag ein, aber sie lächelt dabei.
In der Küche macht er frischen Kaffee, während sie ihren Toast mit Eiern belegt. Fein säuberlich geschnitten. Ihre Bewegungen

sind vorsichtig, aber sicher. Die extreme Erschöpfung der letzten
Monate tritt in den Hintergrund.
"Ich will ins Atelier", sagt sie zwischen zwei Bissen.
Er sieht sie über seine Kaffeetasse hinweg an. "Sicher?"
"Mhm. Muss mal nach dem Rechten sehen. Marie meinte, sie war
letzte Woche dort und hat gelüftet, aber..." Sie zuckt mit den
Schultern. "Ich vermisse es."
"Okay." Er versucht, seine Sorge nicht zu zeigen. "Aber wir
nehmen ein Taxi."
"Thomas, es sind zwei Straßen."
"Drei. Und du bist seit —"
"Zwei Straßen. Ich bin die Künstlerin, ich kenne meine Wege."
Sie tunkt einen Finger in Marmelade, tupft ihm einen roten Punkt
auf die Nase. "Außerdem brauche ich Bewegung. Ärzteorder."
Er wischt sich die Marmelade ab, aber er lächelt. Diese Sarah hat
er vermisst. Die spielerische. Die eigensinnige. Die ihn in den
Wahnsinn treibt.
Sie ziehen sich an — sie in Jeans und einem seiner weißen
Hemden, er in Freizeitkleidung, die garantiert Farbflecken
abbekommen wird. Die grüne Mütze steckt sie in die Tasche. Nur
für alle Fälle.
Der Weg zum Atelier ist wie eine Expedition in die Normalität.
Sie gehen gemächlich, bleiben oft stehen. Sarah grüßt die Barista
im Café Rosengarten, die ihr einen Chai Latte extra heiß macht —
"Den ersten seit Monaten!" An der Ecke treffen sie Frau Weber
mit ihrem Dackel.
"Schön, Sie wieder zu sehen!", ruft die alte Dame. "Wir haben Sie
vermisst."
Vor der Bücherei bleibt Sarah stehen, studiert die Auslage. "Sieh
mal, die haben neue alte Architekturbücher."

Er folgt ihrem Blick. Ein Band über Bauhaus-Architektur lehnt im Schaufenster.

"Willst du kurz rein?", fragt sie.

Er schüttelt den Kopf. "Später vielleicht. Erst das Atelier."

Das alte Gebäude riecht nach Holz und Geschichte. Thomas folgt ihr die Treppen hinauf, bereit sie zu stützen, aber sie braucht keine Hilfe. Vor der Ateliertür hält sie inne, atmet tief durch.

"Okay?"

Sie nickt, schließt auf.

Sonnenlicht fällt durch die hohen Fenster, tanzt in den Staubpartikeln. Der Geruch von Ölfarbe und Terpentin hängt in der Luft. Unfertigen Leinwände lehnen an den Wänden. Die Hamburg-Serie, nie vollendet. Skizzenblöcke auf dem Tisch. Alles wartet auf sie.

"Marie hat aufgeräumt", sagt Sarah und geht durch den Raum. Ihre Finger streichen über Pinsel, Farbtöpfe, Leinwände.

"Willst du... arbeiten?", fragt er unsicher.

"Nein." Sie schüttelt den Kopf. "Noch nicht. Erst mal..." Sie gestikuliert vage. "Ankommen."

Sie verbringen den Vormittag damit, das Atelier neu zu ordnen. Sarah sortiert Skizzen, erzählt Geschichten zu jedem Bild. Hier eine Studie des Cafés Rosengarten, dort der erste Entwurf ihrer Vernissage-Serie. Thomas hört zu, stellt Fragen, lernt ihre Kunst neu kennen.

"Oh", sagt sie plötzlich und zieht ein Skizzenbuch unter einem Stapel hervor. "Das hatte ich ganz vergessen."

Er tritt neben sie. Das Buch ist voll mit Architekturskizzen. Gebäude, Brücken, Straßenzüge.

"Das war nach unserer Verlobung", erklärt sie. "Ich wollte die Stadt durch deine Augen sehen. All die Linien und Strukturen, die dir auffallen."

Er erinnert sich. Sie hatte ihn damals tagelang mit Fragen
gelöchert. Über Symmetrie. Über Baugeschichte. Über die Art, wie
Licht sich in Glasfassaden bricht.
"Die sind gut", sagt er überrascht.
"Nicht gut genug." Sie blättert durch die Seiten. "Zu technisch. Zu
wenig... Leben."
"Zeig mal." Er nimmt ihr das Buch ab, studiert eine Skizze der
Museumsinsel. "Hier — siehst du die Perspektive? Die ist perfekt.
Aber dann..." Er deutet auf ihre charakteristischen Farbnotizen
am Rand. "Das macht es zu deinem Bild. Diese Balance zwischen
Struktur und Chaos."
Sie lehnt sich an ihn. "Wie wir."
"Wie wir."
Eine Weile stehen sie so da, blättern durch alte Skizzen, erinnern
sich. Die Sonne steigt höher, wärmt den Raum.
"Hunger?", fragt er irgendwann.
Sie nickt. "Pizza von Giovanni?"
"Rucola?“
"Aber selbstverständlich.“ Sarah knufft ihn.
"Die schmeckt wie ein Salat auf Brot."
"Genau!" Sie grinst. "Gesund und lecker."
Sie bestellen natürlich bei Giovanni. Sarah isst zwei Stücke —
mehr als in den letzten Wochen bei jeder Mahlzeit. Thomas
beschwert sich pflichtschuldig über den Rucola, aber er isst seine
Hälfte komplett auf.
Nach dem Essen kommt Marie vorbei. Sie bringt Kaffee mit —
"Richtig guten, nicht den Krankenhausdreck" — und Neuigkeiten
aus der Galerie.
"Die Leute fragen nach dir", sagt sie zu Sarah. "Die Hamburg-
Galerie will warten, bis du wieder fit bist."

Sarah sitzt auf dem Sofa, die Beine untergeschlagen. "Ich weiß
noch nicht, wann..."
"Hey." Marie lehnt sich vor. "Keine Eile. Die mögen deine Arbeit.
Die warten."
Sie reden über die Kunstszene, über neue Ausstellungen, über
Maries katastrophales Date letzte Woche. Normale Gespräche.
Sarah lacht viel, auch wenn Thomas die Erschöpfung in ihren
Augen sehen kann.
Als Marie geht, ist es später Nachmittag. Sarah steht am Fenster,
beobachtet das die Reflektionen, die durch die
gegenüberliegenden Gebäude hereinfallen.
"Wollen wir nach Hause?", fragt er.
Sie schüttelt den Kopf. "Noch nicht." Sie geht zu ihrer Staffelei,
zieht das Tuch von einer unfertigen Leinwand. "Erzähl mir von
deinem neuen Projekt. Dem Kulturzentrum."
"Jetzt?"
"Jetzt." Sie greift nach einem Skizzenblock. "Ich will es sehen.
Durch deine Augen."
Also erzählt er. Von den klaren Linien des Gebäudes. Den
lichtdurchfluteten Räumen. Den organischen Übergängen
zwischen innen und außen. Sarah zeichnet, während er spricht.
Schnelle Striche, Farbnotizen am Rand. Wie früher.
Die Sonne sinkt tiefer. Sarah zeichnet noch immer.
"Zeig mal", sagt er und tritt neben sie.
Sie schüttelt den Kopf. "Noch nicht fertig."
"Sarah."
"Nur wenn du auch zeichnest."
"Ich kann nicht zeichnen."
"Kannst du wohl. Anders als ich. Technischer." Sie reicht ihm
einen Stift und Papier. "Hier. Zeig mir die Perspektive."

Er zögert, dann setzt er sich wieder ihr gegenüber hin. Sie zeichnen gemeinsam, seine präzisen Linien, ihre fließenden Übergänge. Die Sonne malt lange Schatten an die Wände.
"Erzähl mir mehr", sagt sie.
Er erzählt von den Details des Projekts, von seinen Ideen, von den Möglichkeiten. Sie zeichnet weiter, fügt hier und da Farbe hinzu.
Schließlich tritt er um die Staffelei und wirft einen Blick auf ihr Werk. Nicht das, was es in der Realität werden würde, aber wärmer. Vielleicht besser. Er nimmt sie in den Arm und gibt ihr seine Zeichnung.
"Deins ist viel schöner, als es am Ende werden wird".
Sarah lächelt. "Charmeur".
Es ist fast dunkel, als sie nach Hause gehen. Sarah ist müde, aber es ist eine gute Müdigkeit. Die Art von Müdigkeit, die von einem erfüllten Tag kommt, nicht von der Krankheit.
Zu Hause fallen sie aufs Sofa. Thomas reibt sich sein Knie. Sarah kuschelt sich an ihn, sie spielt mit seinem Hemdkragen.
"Danke", murmelt sie.
"Wofür?"
Sie gähnt. "Fürs normal sein."
Er küsst ihr Haar — den weichen roten Flaum, der leicht schimmert.
Heute war ein Tag voller Leben. Voller normaler, perfekter Momente.
Sarah ist bereits eingeschlafen, ein leichtes Lächeln auf den Lippen.
Draußen leuchten die ersten Sterne über der Stadt. Thomas hält Sarah im Arm und denkt an all die Skizzen in ihrem Atelier. An all die unfertigen Geschichten. An all die Möglichkeiten.

Sie würden Zeit haben, denkt er. Zeit für mehr Tage wie diesen.
Zeit für mehr gemeinsame Bilder. Zeit für mehr normale
Momente.
Die Nacht zieht herauf. In der Ferne läuten Kirchenglocken.
Sarah atmet ruhig in seinen Armen. Ein Tag geht zu Ende. Ein
normaler, perfekter Tag.

Kapitel 11: Winter

Die Verschlechterung kam schleichend. Erst war es nur vermehrte
Müdigkeit, die sie der intensiven Therapie zuschrieben. Dann die
wiederkehrenden Fieberschübe. Die neuen Schmerzen. Die
Lymphknoten, die trotz Behandlung wieder größer wurden.
Thomas sitzt an Sarahs Krankenbett und beobachtet die Zahlen
auf dem Monitor. Vier Wochen ist es her, seit sie zum letzten Mal
in ihrem Atelier waren. Der Tag liegt ihm noch in den Knochen
— wie sie die Treppen hochging, Schritt für Schritt, immer wieder
pausierend. Wie sie vor der unfertigen Hamburg-Serie stand, den
Kopf schüttelte. "Nicht heute." Der Weg nach Hause, bei dem er
sie schließlich stützen musste. So grundlegend anders als der
wunderbare Tag einige Wochen zuvor, fast als wären beide Tage
aus völlig unterschiedlichen Leben herausgerissen und in ein
Album viel zu dicht beieinander eingeklebt worden.
Die Testergebnisse kamen am nächsten Tag. Progression trotz
Therapie. Neue Herde. Ungünstige Marker. Der Arzt sprach von
weiteren Optionen, experimentellen Behandlungen, klinischen
Studien. Sarah hörte zu, ganz still, ihre Hand fest in Thomas'. Wie
immer. Erst zu Hause sagte sie es.
"Ich will nicht mehr."
Zwei Tage stritten sie deswegen. Nicht der erste richtige Streit
ihrer Ehe, aber der mit Sicherheit Endgültigste. Er brachte
Studien mit, Statistiken, neue Therapieansätze. Sie hörte zu,
schüttelte dann den Kopf.
"Es reicht", sagte sie leise. "Ich bin müde."
Jetzt, Wochen danach, weiß er, dass sie Recht hatte. Die Infektion
kam aus dem Nichts. Fieber, das nicht sank. Atemnot. Die Fahrt

ins Krankenhaus mitten in der Nacht. Intensivstation. Antibiotika. Mehr Komplikationen.

Sarah schläft viel. Die Medikamente machen sie schläfrig. In den wachen Momenten ist sie klar, präsent. Fast schon beängstigend sie selbst. Sie reden über alltägliche Dinge. Über das Wetter — der erste Schnee ist gefallen. Über seine Arbeit. Über Marie, die jeden Tag vorbeikommt. Aber auch über das, was kommen wird. Wie es sein wird. Allein.

Aber in ihren Augen sieht er es. Sie weiß es. Sie beide wissen es.

"Thomas?"

Er beugt sich vor. Ihre Stimme ist schwach, aber klar.

"Du musst mir einen Gefallen tun."

"Alles."

"In meinem Atelier... die blaue Mappe ganz hinten im Regal..."

Er nickt. Er weiß, welche sie meint. Die Mappe mit den unfertigen Skizzen.

"Behalte sie."

"Sarah...Ich würde niemals…"

"Ich weiß. Aber es ist wichtig." Sie greift nach seiner Hand. Ihre Finger sind dünn, aber ihr Griff ist fest. "Die sind für dich. Für danach. Vielleicht hilft es dir, sie weiterzuzeichnen".

Er will protestieren. Will von später sprechen, von mehr Zeit, von Hoffnung. Aber er sieht ihren Blick. Den gleichen Blick wie damals, als sie sich kennenlernten. Der Blick, der durch alle Fassaden sieht.

"Okay" flüstert er.

Sie döst wieder ein. Die Monitore piepen penetrant. Draußen fällt der Schnee dichter.

Marie kommt am Nachmittag, eine Thermoskanne Kaffee in der Hand. Echter Kaffee, nicht der braune Krankenhausbrei. Sie sitzen eine Weile schweigend da, während Sarah schläft.

"Sie hat es mir gesagt", flüstert Marie irgendwann. "Dass sie nicht
mehr weitermachen will."
Thomas nickt nur.
"Sie ist so verdammt stur." Maries Stimme bricht. Sie hat Tränen
in den Augen.
"War sie immer schon."
Ein schwaches Lächeln. "Erinnerst du dich an ihre erste
Ausstellung? Als der Galerist meinte, sie solle die Preise senken?"
"Und sie sagte 'Dann behalt ich sie eben'."
"Genau." Marie wischt sich über die Augen. "Sie wusste immer,
was sie will."
Sie reden noch eine Weile.

Die Tage verschwimmen. Thomas verlässt das Krankenhaus nur
zum Duschen und Umziehen. Andrea leitet das Büro. "Nimm dir
Zeit", hat sie gesagt. "Wir machen das."
Sarah hat gute und schlechte Stunden. In den guten reden sie.
Über ihre erste Begegnung. Über die Hochzeit. Über all die
kleinen Momente dazwischen.
"Weißt du noch", sagt sie eines Abends, "als du dich beim Antrag
so verrückt gemacht hast?"
"Mit der Excel-Tabelle?"
"Mit der Excel-Tabelle." Sie lächelt schwach. "So typisch du."
In den schlechten Stunden hält er einfach ihre Hand. Manchmal
zeichnet er für sie. Ungelenke Skizzen von der Aussicht aus dem
Krankenzimmer. Sie kritisiert seine Perspektive, seine
Linienführung. Fast wie früher.
Eine Woche vergeht. Die Infektionswerte steigen trotz
Antibiotika. Neue Komplikationen. Mehr Medikamente. Die
Ärzte sprechen von Palliativstation.

Es ist ein klarer Wintermorgen, als Sarah aufwacht und ihn direkt ansieht. Ihr Blick ist klarer als in den letzten Tagen.

"Thomas."

"Ich bin hier."

"Ich weiß." Sie drückt seine Hand. "Du bist immer hier."

Er nickt, kann nicht sprechen.

"Aber jetzt..." Sie holt tief Luft. "Lass mich gehen."

Die drei Worte treffen ihn wie ein physischer Schlag. Er will den Kopf schütteln, will protestieren. Aber sie kennt ihn zu gut.

"Es ist okay", flüstert sie. "Wirklich."

"Ich kann nicht."

"Kannst du. Musst du." Ihr Finger an seiner Wange. "Für mich."

Er lehnt sich in ihre Berührung. Eine einzelne Träne läuft über sein Gesicht.

"Erzähl mir vom Café", sagt sie lächelnd. "Von unserem ersten Treffen."

Also erzählt er. Von verschüttetem Kaffee. Von wilden Locken und Farbflecken. Von einer Skizze, die immer noch in seinem Büro hängt.

Sarah lächelt, die Augen halb geschlossen. "Das war ein guter Tag."

"Der beste."

Sie schlafen beide ein, ihre Hände verschränkt. Als er aufwacht, ist ihr Atem flacher. Die Zahlen auf den Monitoren niedriger.

Marie kommt. Dann der Arzt. Mehr Medikamente gegen die Schmerzen. Sarah döst meist, wacht nur kurz auf.

"Thomas?"

"Ja?"

"Sing für mich."

"Ich kann nicht singen."

"Ich weiß." Ein schwaches Lächeln. "Sing trotzdem."

Also singt er. Brüchig, falsch, mit brechender Stimme. Das Lied von ihrer Hochzeit. Leonard Cohen. "Dance me to the end of love."
Der Tag vergeht und die Nacht kommt. Der Schnee fällt sacht vor dem Fenster.
Sarah atmet ruhiger jetzt. Friedlicher. Als hätte sie etwas verstanden, das ihm noch verschlossen ist.
Er sitzt neben ihr, schaut sie an und denkt an all ihre gemeinsamen Momente. Die lauten. Die leisen. Die perfekten und die chaotischen. Die Kunst in den Zwischenräumen. Die Liebe in den Details.
Der Morgen dämmert in Grautönen. Sarah schläft. Ihre Hand ist warm in seiner.
Er weiß, dass sie nicht mehr aufwachen wird.
Aber für jetzt ist er einfach da für seine Frau und beobachtet den Schnee. Ein letzter Winter. Ein letzter Tanz.
Draußen beginnt ein neuer Tag.

Kapitel 12: Stille

2:13 Uhr. Die Nacht liegt schwer über dem Krankenhaus.
Thomas sitzt im gedämpften Licht der Überwachungsmonitore
und lauscht dem rhythmischen Surren der Beatmungsmaschine.
Seit achtzehn Stunden ist Sarah nicht mehr bei Bewusstsein. Die
Intubation war am frühen Abend notwendig geworden, als ihre
Atmung zu flach wurde.
Der Kunstband in seinem Schoß ist schwer. Marie hatte ihn heute
Nachmittag mitgebracht, einen von Sarahs Lieblingen aus dem
Atelier. "Les Nymphéas" steht in goldenen Lettern auf dem
Einband. Die Seerosenbilder von Monet. Er erinnert sich an ihren
Besuch in der Orangerie, vor drei Jahren. Sarah hatte stundenlang
auf einer der Bänke gesessen, hatte die gewölbten Wände studiert,
die Art, wie sich Farben auf ihnen brachen.
"'Die großformatigen Wandbilder entstanden in Monets letzten
Lebensjahren'", liest er, flüstert beinahe. "'Ein Testament seiner
lebenslangen Faszination mit Licht und Wasser.'" Seine Stimme ist
rau. Er liest seit Stunden, seit die Bewusstlosigkeit tiefer wurde.
Die Ärzte sagen, vielleicht hört sie ihn noch.
Die Pflegerin aus der Nachtschicht kommt zur stündlichen
Kontrolle. Schwester Janna, die sie seit Wochen kennt. Sie
überprüft die Werte, die Zugänge, die Medikamentenpumpen.
Ihre Bewegungen sind gesetzt, effizient, respektvoll.
"Die Werte sind stabil", sagt sie sanft. "Möchten Sie einen Tee?"
Er schüttelt den Kopf. Sein letzter Kaffee steht kalt auf dem
Nachttisch, neben der grünen Mütze. Er hatte sie ihr noch
aufgesetzt, bevor sie sie für die Intubation abnehmen mussten.
Eine sinnlose Geste. Ein Festhalten an Normalität.

Die Schwester nickt verständnisvoll, verschwindet wieder. Ihre
Schritte verhallen im Korridor.
Thomas nimmt Sarahs Hand. Die Haut ist warm, fast fiebrig. Ihre
Fingerkuppen tragen noch Spuren von Farbe — Ultramarin und
Ocker von ihrem letzten gemeinsamen Bild. Drei Tage ist das her.
Eine Ewigkeit. Er hatte ihre Finger geführt. Sie war zu schwach.
"'Monet malte auch dann noch"', liest er weiter, "'als sein
Augenlicht nachließ. Die späten Werke zeigen eine zunehmende
Abstraktion, eine Auflösung der Form in reine Farbe und Licht.'"
Er muss an Sarahs Skizzen über die letzten Monate hinweg
denken. Wie ihre Hand irgendwann zitterte. Wie die Linien
unsicherer wurden. Aber die Farben — die Farben waren
brillanter als je zuvor.

3:02 Uhr. Die Nacht dehnt sich wie Kaugummi. Draußen beginnt
es zu schneien. Dicke, weiche Flocken, die lautlos gegen die
Scheibe treiben. Sarah liebte Schneenächte. "Die Stadt wird dann
still", hatte sie einmal gesagt. "Als würde jemand die Lautstärke
herunterdrehen."
Er legt das Buch beiseite, steht auf, tritt ans Fenster. Die
Parkplätze unter ihm verwandeln sich allmählich in eine weiße
Fläche. Ein einzelner Krankenwagen gleitet lautlos durch die
Nacht, seine Blaulichter gedämpft durch den Schneefall.
Das Piepen der Monitore hat sich in sein Bewusstsein
eingebrannt. Systolisch, diastolisch, Sauerstoffsättigung. Er kennt
die Zahlen auswendig. Weiß, welche gut sind und welche nicht.
Wie ein neues, grausames Vokabular.

3:47 Uhr. Er setzt sich wieder, nimmt ihre Hand. Die
Infusionsnadel sticht in ihren Handrücken, genau dort, wo früher

immer Farbflecken waren. Von Ultramarin. Von Ocker. Von
Leben.

"'Van Gogh schrieb in einem Brief an seinen Bruder'", seine
Stimme ist kaum mehr als ein Flüstern so heiser ist Thomas, "',
dass die Nacht noch farbiger sei als der Tag.'" Er denkt an ihren
Besuch im Van-Gogh-Museum. Sarah hatte die "Sternennacht"
lange studiert, hatte die wirbelnden Pinselstriche nachgezeichnet.
"Siehst du?", hatte sie gesagt. "Er malt nicht die Sterne. Er malt
die Bewegung des Lichts." Thomas hatte das nicht verstanden.
Aber es war ein schönes Bild.

4:15 Uhr. Schwester Janna kommt wieder. Neue Zahlen im
Protokoll. Neue Medikamente in den Tropf. Der Rhythmus der
Nacht.
Die ersten Vögel erwachen draußen. Ihre Schatten huschen über
die schneebedeckte Fensterbank. Sarah hätte sie gezeichnet. Die
Art, wie sie im Zwielicht tanzen. Die Spuren, die sie im frischen
Schnee hinterlassen.
Er erzählt Sarah von ihrer ersten Begegnung. Vom verschütteten
Kaffee. Von ihrer Skizze des Cafés. Von all den Momenten
danach. Seine Stimme wird heiser, aber er spricht weiter.
Geschichten, die sie beide kennen. Die sie verbinden.

5:23 Uhr. Etwas verändert sich. Ein anderer Ton in den
Monitoren. Ein unsteter Rhythmus. Er drückt den Schwesternruf,
aber sie sind schon da. Als hätten sie es gewusst.
Die nächsten Minuten verschwimmen. Mehr Personal. Gedämpfte
Stimmen. Medizinische Begriffe. Er wird sanft, aber bestimmt zur
Seite gedrängt. Sarahs Hand gleitet aus seiner.

5:31 Uhr. Die Zeit steht still. Dann ein langer, einzelner Ton. Eine gerade Linie auf dem Monitor.
"Zeitpunkt des Todes: 5:31 Uhr", sagt jemand leise.
Die Welt wird zu Watte. Er sieht, wie sie die Maschinen abstellen. Die Schläuche entfernen. Den Tubus. Hört Worte wie "Leichenschau" und "Bestatter". Nickt an den richtigen Stellen. Marie kommt irgendwann. Weinend. Jemand muss sie angerufen haben. Sie umarmt ihn lange. Riecht nach Kaffee und der kalten Morgenluft draußen.
Formulare. Unterschriften. Die grüne Mütze vom Nachttisch wandert in seine Tasche. Ihr Ehering an einer Kette um seinen Hals.
"Du solltest nach Hause", sagt Marie irgendwann. "Ich kümmere mich um alles andere."
Der Weg durch das Krankenhaus ist surreal. Seine Füße finden automatisch den Weg. Durch Gänge. Aufzüge. Türen. Menschen weichen ihm aus, als trüge er ein unsichtbares Schild.
Draußen hat es aufgehört zu schneien. Die Stadt liegt unter einer weißen Decke. Geräusche sind gedämpft. Als hätte jemand die Lautstärke heruntergedreht.
Der Weg nach Hause vergeht, ohne dass Thomas sich an ihn erinnern könnte. Er ist seltsam ruhig.
Die Wohnung empfängt ihn mit einer Stille, die in den Knochen sitzt. Sarahs Präsenz ist überall. Das aufgeschlagene Buch auf dem Sofa — eine Biografie von Georgia O'Keeffe. Die halb volle Teetasse auf dem Küchentisch, ein Lippenstiftabdruck am Rand. Ihre Pantoffeln vor dem Bett, schief, als wäre sie nur kurz aufgestanden. Und der Einkaufszettel auf der Küche, den sie vor einigen Tagen geschrieben hatte, kurz bevor es schlimmer wurde. Sie wird nie wieder einkaufen gehen.

Seine Beine geben nach. Er sinkt an der Wand hinunter, die Liste
zerknittert in seiner Hand. Die Stille der Wohnung dröhnt in
seinen Ohren. Alles wartet auf sie. Aber sie kommt nicht wieder.
Ein Schluchzen bricht aus ihm heraus, überrascht ihn selbst. Er
hatte im Krankenhaus nicht geweint. Hatte funktioniert.
Formulare ausgefüllt. Entscheidungen getroffen. Aber hier,
zwischen den Fragmenten ihres gemeinsamen Lebens, bricht alles
zusammen.
Er weint, bis keine Tränen mehr kommen. Bis die Morgensonne
durch die Fenster kriecht. Bis sein Körper taub ist vom harten
Boden.
Irgendwann steht er auf, die Bewegungen mechanisch. Sein Blick
fällt auf ihr gemeinsames Foto an der Wand. Die Vernissage vor
einem Jahr. Sie strahlt in die Kamera, umgeben von ihrer Kunst.
Lebendig.
Er steht lange am Fenster, beobachtet, wie die Stadt erwacht.
Menschen hasten durch den Schnee. Autos hinterlassen dunkle
Spuren. Das Leben geht weiter.
Seine Hand findet die grüne Mütze in seiner Tasche. Der
Farbfleck am Rand — Ultramarin — schimmert wie ein
vergessenes Versprechen. Er sollte sich hinlegen. Sollte schlafen.
Sollte weiter weinen. Stattdessen zieht er die Schuhe wieder an.
Der Weg zum Atelier ist ein Traum in Weiß. Seine Füße kennen
die Richtung. Zwei Straßen weiter. Das alte Gebäude. Drei
Treppen hoch. Die Tür quietscht vertraut.
Sonnenlicht fällt durch die hohen Fenster, bricht sich in den
Staubpartikeln. Der Raum riecht nach ihr. Nach Ölfarbe und
Terpentin. Nach unerzählten Geschichten.
Das letzte gemeinsame Bild steht noch auf der Staffelei. Die Stadt
in Morgenfarben. Seine architektonischen Linien — präzise,
strukturiert. Ihre unsicheren, aber wilden Pinselstriche darüber —

Bewegung, Leben. Chaos in der Ordnung. Farbe in den
Zwischenräumen.
Er tritt näher, studiert die Details. Hier seine exakten Perspektiven
der Häuserfronten. Dort ihre fließenden Übergänge zum Himmel.
Der letzte Pinselstrich — Ultramarin am oberen Rand — ist nicht
ganz zu Ende gebracht worden.
In der Ecke ihre Handschrift, klein und vertraut: "Für Thomas.
Damit du nicht vergisst, dass auch gerade Linien tanzen können."
Seine Finger streichen über die Farbe. Über die Stelle, wo sie
aufhören musste.
Die blaue Mappe liegt auf ihrem Arbeitstisch. Die, von der sie im
Krankenhaus sprach. Er öffnet sie vorsichtig. Skizzen fallen
heraus. Momente ihrer gemeinsamen Geschichte. Er am
Schreibtisch. Er schlafend auf dem Sofa. Er mit Farbflecken auf
dem Hemd. Kleine, intime Augenblicke. Gesehen durch ihre
Augen.
Die Sonne steigt höher, taucht das Atelier in goldenes Licht.
Staubpartikel tanzen in den Strahlen. Wie Schneeflocken. Wie
Erinnerungen.
Er setzt sich auf das alte Sofa. Es riecht nach ihr. Nach ihren
nächtlichen Malsessions. Nach den Momenten, wenn sie nicht
schlafen konnte und hierherkam.
Die grüne Mütze in seinen Händen ist weich. Vertraut. Der
Farbfleck leuchtet im Morgengrauen.
Draußen schmilzt der Schnee. Die Stadt verwandelt sich. Wie ihre
Bilder. Ein Ende. Ein Anfang. Ein Moment dazwischen.

Die Sonne steht jetzt hoch. Mittag naht. Er sitzt immer noch in
ihrem Atelier, umgeben von ihrer Kunst, und atmet. Einen
Moment nach dem anderen. Einen Herzschlag nach dem anderen.
Ein tiefer Atemzug nach dem anderen.

Durch die Fenster fällt das Licht genauso, wie sie es am liebsten mochte. Ehrlich. Klar. Warm.
Irgendwann wird er aufstehen. Wird nach Hause gehen. Wird all die Dinge tun, die jetzt getan werden müssen.
Aber für diesen Moment sitzt er einfach da, in ihrem Licht, und erinnert sich.
"Ich vermisse dich", flüstert er in die Stille.